AF314101

LES
OEVVRES
POETIQVES
DV SIEVR
Daudiguier
A PARIS,
Chez Toussainct du
Bray, rue S. Iaques aux
espics meurs, Et au Palais,
a l'entrée de la gallerie
des prisonniers.

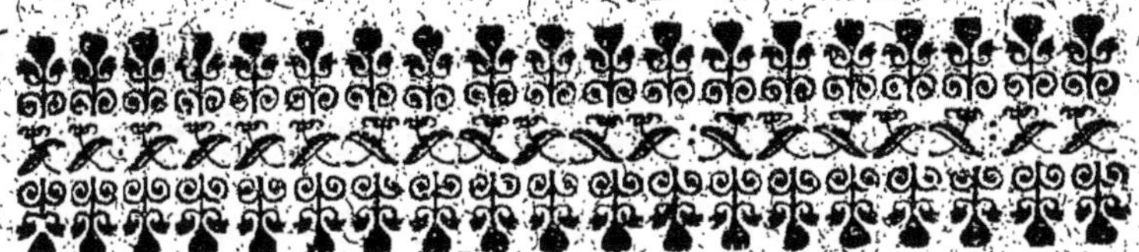

A TRES-HAVTE ET PVIS-
SANTE DAME, LOVYSE DE
Lorraine, Princesse de Conty.

MADAME,

Parmy tant de iustes sujets que vos perfectiós me don-
nent de les honorer, la fortune m'en a laissé si peu de moyen que ie n'ay seule-
ment que des vers pour en exprimer le desir; Et en vn Siecle si depraué qu'ils font pluftoft mépriser leurs Autheurs qu'ils n'honorent ceux à qui ils les de-
dient. Neanmoins, MADAME, ces vers que la seule ignoráce méprise, & que ses partisans qui font auiourd'huy la plus grande partie du monde, ont pris à tas-
che de diffamer; font ceux qui hono-
rent plus parfaitement nostre nom, cõ-

seruent noftre memoire, immortalifent noftre vie, foulent d'vn pied victorieux l'oubly des tombeaux ; Et brauant l'orgueil du Temps & de la Mort, penetrét la fuite des Ages, & les diftances des lieux pour nous rendre venerables à la Pofterité, & nous porter par toute la Terre. Il eft vray MADAME, que l'abondance en fait venir le mépris, & qu'vne infinité de corbeaux femblent enroüer de leur voix, & obfcurcir de leur plumage la blancheur, & l'harmonie des plus beaux Cygnes. Mais encore eft-il neceffaire qu'il y ayt de mauuaifes pieces pour faire reconnoiftre les bonnes, puis que les chofes ne paroiffent iamais tant que par leurs cótraires, & que le bien n'eft iamais fi bien reconnu que parmy le mal. Le monde eft compofé d'vne proportion harmonique, & la Nature femble fe plaire & s'embellir de cefte diuerfité. Tellement MADAME, que ie ne blafme point

ma fortune de ne m'auoir laissé que des
vers pour vous honorer, puis que de
toutes les choses du monde, à grand
peine m'en pouuoit-elle donner aucune qui fut plus capable d'y paruenir.
Deux choses neanmoins les en ont lög
temps empeschez, dont l'vne est le peu
de raport qu'ils ont à la grandeur de vostre merite; Mais vostre perfection est
coupable de ce defaut, pour estre si
hautement esleuee qu'aucune louange
n'y peut attaindre; Et c'est leur cösola-
tion d'auoir cela de commun auec les
meilleurs qui se puissent faire, qui n'ose-
roient presumer sans temerité de vous
honnorer qu'imparfaitement. L'autre
que n'ayant point l'höneur d'estre con-
nu de vous, ie deuois plustost tascher de
le meriter par mes seruices, que le rechercher par mes vers. Mais si ie rends
vostre gloire immortelle, & vous donne icy mes propres amours, quel plus
grand seruice, ny quel plus cher present

vous pouuois-ie faire ? La connoissance
ne sert en cela de rien ; au contraire, les
loüanges plus veritables procedent des
personnes plus incogneües ; Et tant
moins il y a d'occasion particuliere à les
rendre, & tant moins elles sont suspe-
ctes de flaterie. C'est le tribut, & l'homage que vos seules vertus exigent de
tous les hommes : Et le desir que i'ay sur
tous de vous rémoigner, auec combien
d'affection & d'humilité, ie demeure,
MADAME,

Vostre tres-fidele & tres-obeyssant
seruiteur, DAVDIGVIER.

A MADAME LA PRINCESSE DE CONTI.

STANCES.

Rinceſſe l'ornement, & l'honneur de
    ceſt Age,
Dont l'amour iuſqu'au Ciel les Dieux
    meſmes attaint,
Baiſſez vn peu les raiz de voſtre beau viſage,
Afin que plus hardy i'en regarde le taint.

Aſtre dont la beauté le Ciel meſmes enchante,
L'obligeant à l'aymer auſſi toſt qu'à la voir,
Ie ſuis tout esbahy lors qu'il faut que ie chante
Ce que ie ne puis pas moy-meſme conceuoir.

Car vouloir reciter vos merueilles ſi hautes
Par vn diſcours ſi foible, & d'vn ſtyle ſi bas,
C'eſt en vous honorant commetre autant de fautes
Qu'on en ſçauroit commetre en ne le faiſant pas.

Pour tant de qualitez qui ne ſe peuuent dire,
Et de qui le merite excede tout loyer,
Ie n'ay que des ſouhaits que ie vous oſe eſcrire,
Et du fonds de mon cœur iuſqu'au Ciel enuoyer.

Puißiez vous grand' Princeße, au delà de l'Ennuie
Vous esleuer si haut sur l'aisle de mes vers,
Que l'Eternité seule esgale vostre vie
Et que vostre seul nom remplisse l'Vniuers.

Puißiez vous adoucir la cause de ma peine,
Et faire de mes vers vn si diuin obiet,
Que l'on admire autant les douceurs de leur veine
Comme toute la Terre en ayme le subiet.

Puißiez vous embraßant le suiet que ie traite,
Comme Pigmalion vostre Image animer,
Et vous trouuer en luy si viuement pourtraite,
Que vos propres beautez vous le facent aymer.

Bref, que le plus grand heur que vostre ame desire
Soit moindre que celuy de vos prosperitez,
Et si rien de plus grand encore se peut dire
Que vous puißiez auoir ce que vous meritez.

Voila tous les souhaits que mõ cœur vous adreße
A vous qui m'en auez imprimé le soucy,
Ie n'ay rien de plus grand, mais ô grande Princeße
Il n'est rien de plus grand que mes souhaits außy.

A LA MESME.

ELEGIE.

Vmiere de nos iours en qui le Ciel af-
semble
Tout ce qu'il a de grace & de merite
ensemble,
Princesse dont le nom plein d'immortalité
Est de vos qualitez la moindre qualité,
Détournez vos regards quelquesfois sur ce liure
Qui seuls malgré le Temps le pourrōt faire viure.
C'est en pensant à vous que mon cœur l'entreprit
Aidé du souuenir de vostre bel esprit,
Poussé de la valeur de vos braues Ancestres
Egalement tuteurs des Armes & des Lettres,
Et de l'amour qu'on porte à l'extreme vertu
Dont vous auez le corps & l'esprit reuetu.
    Vn iour plus échaufé de la fureur diuine
Qui dessus les cerueaux des Poëtes domine,
Plus enflé que la mer, & plus fort que le vent,
I'iray de vos Ayeux les pourtraits releuant,
Soit que ma voix de fer rechante les armees
Qu'ils conduirēt vainqueurs aux terres Idumees,
Quand le iuste dépit & l'indignation
De voir les Sarazins dans les murs de Sion.

(Estrange pieté) leur fit vendre leur terre
Pour leur porter les feux d'vne sanglante guerre,
Que le Soleil voyant en armes GODEFFROY
Si pres de son berceau se recula d'effroy,
Refusant sa lumiere à l'horrible massacre
Des trois ports saccagez de Tyr, de Iaffe & d'Acre
Que les chams Palestins conuertis en estang
Ondoyerent par tout de flames & de sang,
Et que la Cité Sainte apres tant de batailles,
Vid arborer la CROIX au front de ses murailles
Ou soit, que de plus haut leur hystoire prenant,
Ie delaisse l'Aurore, & retourne au Ponant,
Pour châter les honeurs de ce grand CHARLEMAGNE
Qui ioignit aux François l'Empire d'Allemagne,
Qui couurit l'Occident de son Aigle Germain,
Qui deliura deux fois le saint siege Romain,
Et qui tousiours armé pour la cause Diuine,
Netoya le Midy de la gent Sarazine.
Sous qui le preux RENAVT, & le Conte d'Angers
Ont aquis tant d'honneur entre mille dangers:
Que ce que les Romans ont chanté de leur gloire
N'arriue pas encor au vray de leur histoire.
Soit que taisant l'honneur de vos autres parens
Ie chante seulement les gestes aparens
De FRANÇOIS vostre Ayeul aux terres Milanoises
Aux riuages Anglois, aux campagnes Françoises
Lors que prenant Calais, & que defendant Mets
Il s'aquit vn renom qui ne mourra iamais.

Ou soit que retraçant la guerriere vaillance
Dont vostre Pere auoit charmé toute la France,
Vostre Pere qui fust d'vn Pere si parfait
Dont ieune il effaça le renom & l'effait,
Qui n'eust rië que luy mesme au mõde de sëblable,
Seul entre tout le monde, a luy seul comparable,
Sur qui toute l'Europe auoit ietté les yeux,
Pour qui toute l'Eglise importunoit les Cieux,
Et de qui tout le Cœur des filles de Memoire
Viuante apres mille ans celebrera la gloire.
  Soit dy-ie, que tirant cest Astre de la foy,
Qui viuant attiroit tout le monde apres soy,
Ie tire tout de rang les marques honorables
Qu'il portoit quant & luy de ses faits memorables,
La fameuse balaffre, & les autres hazars
Qu'il courut en suyuant l'exercice de Mars,
Ou que taisant l'horreur des tempestes mutines
Qui batirent nos cœurs de guerres intestines,
Les guerres de Hongrie ou ieune il se trouua,
Celles ou l'étranger sa valeur esprouua,
Ie represente aux front de ces guerrieres bandes
Ce Prince foudroyant les troupes Allemandes,
Qui par tous les Cantons de l'Empire amassez
Estoient depuis le Rhim iusqu'au Loyre passez.
Quand les plaines d'Auneau en mõtagnes chãgees
Se virent de cõrs morts hideusement chargees
Et que tout l'Vniuers saizy d'estonnement,
En ouyt la casseure & le fracassement.

Que l'Italie en crainte, & la France en detresse
En fit des feux publics de ioye & d'allegresse;
Que le Siege Romain de ioye en larmoya,
Et la flambante espee à ce Prince enuoya.
Rare & nouueau present dont le chef de l'Eglise
N'a iamais honoré que le seul Duc DE GVYSE
  Mais pourquoy rechercher dãs l'oubly des tõbea
Les gestes anciens parmy tant de nouueaux?
Et pourquoy refouiller les cendres de vos Peres
Ayãt deuant les yeux vostre Epoux & vos Frer
Princes dont les effets plus grands que la grand
Ont mille fois remply du monde la rondeur;
Que ie ne veux toucher de crainte que ma plume
Ne les reduise au pied d'vn trop petit volume:
Mais si le Ciel vn iour fauorise mes veux
Ie les pourray peut-estre escrire à nos nepueux,
Et les escrire encor si bien que la lecture
N'en sera point facheuse à la race future,
Car bien que mes escris ne soient graues ny doux,
Le suiet les peut rendre agreables à tous.
  Que si du sang meslé de France, & de Lorrai
Ainsi cõme vn Rolant de Clarmont & Mongra
Vous nous laissez vn fils qui valeureux & bon
Tiéne de ceux de GVYSE, & de ceux de BOVRBO
Et qui guidant vn iour les Françoises Phalange
Face reuoir les Lys aux nations estranges,
Et se monstre luy-mesme en ses faits innouys
Tel cõme CHARLEMAGNE, ou comme S. LOVY,

Ou tellement party de tous les deux qu'il semble
Voir en luy S. LOVYS, & CHARLEMAGNE enseble.
Moy lors de mon trespas côme un Cygne aprochant,
Adouciray si bien la grace de mon chant,
Et diray des chansons si parfaitement belles
Que mesme en leur vieillesse elles seront nouuelles;
Ayant pour mon suiet le plus riche argument
Qui se pourroit trouuer dessous le Firmament.
Cependant, ô Princesse, en attendant que l'âge
Me face oser promettre & tenir dauantage,
Receuez ces escrits que l'Amour a dictez
Pour apendre à l'Autel de vos diuinitez,
Et prenez auec eux les restes de mon ame
Que ie vous sacrifie au trauers de sa flame.

SVR SES PERFECTIONS

ODE.

Soit qu'en regardant ses beaux yeux
On y lise comme les Dieux
Assemblez auec la Nature,
Y peignirent tant de beautez,
Qu'eux mesme furent surmontez
Par la beauté de leur peinture.

Soit que l'on admire les neux
Que l'Amour fait en ses cheueux

Pour y prendre toutes les ames,
Ou ses inuincibles regars
Dont luy-mesme tire ses dars,
Et dont il prend toutes ses flames.

Soit que l'on regarde son teint
Où la beauté mesme se peint
Par tous les endroits de sa face
Pour captiuer les Deitez
Ou par les traits de ses beautez,
Ou par les attraits de sa grace.

Ou soit qu'vn gracieux transport
Nous face contempler le port
De ceste royalle presence,
Qui la fait marcher en ces lieux
Comme vne Deesse des Cieux,
Dessous vne humaine aparence.

Nos yeux peuuent en elle voir
Iointe la valeur au sçauoir,
Le merite auecques la grace,
Les vertus auec le bon-heur,
Et l'Amour auecques l'honneur,
Suiure les beautez à la trace.

A MON SOLDAT.

SONNET.

TV feruiras encore vne beauté mor-
   telle,
   Qui bornera ton âge au milieu de
   son cours:
Tu verras ton amour surpasser ton discours
Qu'vn silence discret couurira deuant elle.

Tu verras ton hyuer en ta saison nouuelle,
Tu perdras en l'aymant le fruict de tes Amours,
Tu mourras sans remede aupres de ton secours,
Implorant vainement les graces de ta belle.

Ses yeux mesme à la mort ne te voudront pas
   voir,
De peur que leur regard n'offense leur deuoir,
Ou qu'apres le trespas ils ne rendent la vie.

N'espere donc Amant, qu'on te fasse mercy,
Qui meurt d'vn si beau trait n'en est pas digne
   aussy,
Tu merites plustost que l'on te porte enuie.
YPOLITE.

RESPONSE PAR L'AVTHEVR

SONNET.

Oyez de mes tourmens l'Oracle veri-
table,
Qu'vn trespas soit la fin de mon af-
fection;
Pourueu qu'en adorant vostre perfection,
Ie laisse d'Ypolite vn trait inimitable.

En vain vous presagez ma mort indubitable,
Ie la souffrois auant vostre prediction;
Mon Amour vient du sort, non de l'eslection,
Et c'est en vain qu'on fuit le sort ineuitable.

La mercy que de vous i'espere en ce trespas,
C'est que l'ayant causé vous ne le plaindrez pas,
Impassible aux soûpirs de ma derniere plainte.

Mais puis que vos beaux yeux l'ont ainsi resolu,
Benis soient leurs regards qui l'ont ainsi voulu,
Ie ne sçaurois mourir d'vne plus belle attainte.

LES OEVVRES
POËTIQVES DV
SIEVR D'AVDIGVIER.

AMOVRS.

STANCES. 1.

IE croyois aux douceurs de sa face Angelique
Que le dedans estoit ainsi que le dehors,
Et que le fier orgueil d'vne ame tyrannique
Ne se pourroit iamais couurir d'vn si beau cors.

Que sa beauté rendroit mon Parnasse fertile,
Et que mon vers enflé d'vn si rare subiet
Surpasseroit autant toute sorte de stile
Qu'elle va surpassant toute sorte d'obiet.

Mais ie deuois penser qu'estant toute diuine
Elle ne pouuoit pas auoir vn cœur humain,
Et que m'ayant rauy le cœur de la poitrine
Elle m'arracheroit la plume de la main.

A

Que celle qui remplit l'uniuers de sa gloire
Ne daigneroit ouurir les yeux sur mon trepas:
Et que c'estoit assez honnorer sa memoire
D'oser mourir pour elle, & ne le dire pas.

Aussi ne voit-on rien de si diuin comme elle,
Et le Soleil atteint de son affection,
N'a veu iamais beauté si parfaitement belle
Qui ne doiue de reste à sa perfection.

Il faut en la voyant l'adorer, & se taire
Rendre à ses yeux l'esprit bruslé de mille feux,
Et confesser mourant qu'vn trepas volontaire
Est le moindre tourment que l'on souffre pour eux.

Mais il faut dauantage, ô beaux yeux, qu
i adüoüe
Que vos diuins regards lancent de traits si doux,
Qu'on ne peut pas mourir qu'encores on ne loüe
Le tourment & la mort que l'on reçoit de vous.

Aussi vaut il bien mieux perdre pour vous la vie
Que la garder pour ceux que le vulgaire sert:
Car penser seulement que vous l'auez rauie
Tient lieu de recompense à celuy qui la pert.

Et pour moy qui la laisse en vn si doux suplice
Ie n'en espere point auoir d'autre loyer

Que l'honneur de la perdre en vous faisant seruice
Et la perdant ainsi la croy bien employer.

Tout ce que ie regrette en ceste douce perte
Si l'on pert rien pour vous qu'on puisse regretter:
C'est d'auoir tant vescu denant l'auoir soufferte,
Et n'auoir pas assez dequoy la meriter.

Car ie ne conte point la date de ma vie
Que du iour que pour vous i'expire sans mercy:
Et quand vous me l'aurez cent mille fois rauie,
Ce sera sans offense, & sans merite aussi.

Que ne suis-ie vn grand Roy pour changer mon
    Empire
A la felicité de vous pouuoir seruir,
Si ie ne meritois le bien que ie soupire
Ie me ferois tyran afin de le rauir.

Mais si ceste action deplaisoit à vostre ame,
I'aymerois mieux plustost mourir en ce desir
Que voulair adoucir la rigueur de ma flame,
D'vn remede emprunté de vostre deplaisir.

O des beautez du ciel le parfait exemplaire,
Dont l'esclat obscurcit la lumiere du iour!
Voyez quel est en moy le desir de vous plaire
Puis qu'il va surpassant celuy de mon amour.

A ij

Et si pour oser rendre à vos pieds cet homage
Ie dois estre puny de ma temerité:
Pardonnez à ce vers qui porte vostre image,
Et chante vostre gloire à la posterité.

Beauté de qui les dieux adorent la puissance,
Et pour qui les mortels se plaisent à souffrir,
Receuez ce pourtrait de mon obeyssance,
Ou permettez au moins que ie vous l'ose offrir.

✕✕✕✕✕✕✕✕✕✕✕✕✕✕✕✕✕✕✕✕✕✕✕✕

STANCES. 2.

Qvand i'estois amoureux, & que i'estois aymé,
Mon Dieu que de plaisirs accompagnoient
ma flame,
Ie deuois lors mourir de cent feux allumé,
Et sauuer mon amour par le prix de mon ame.

La belle que i'aimois cherissoit mon desir,
Et ie ne laissois pas de l'apeller mauuaise,
Ie feignois de me plaindre au milieu du plaisir
Elle de se fascher au plus fort de son aise.

C'est le secret d'Amour, quand on est en faueur
D'apeller cruauté les douceurs de sa belle,
Faire le mal'heureux au milieu du bon-heur
L'esprouuer fauorable, & la nommer cruelle.

I'ay faict ainsi tousiours & m'en suis bien trouué
N'estant pas seulement satisfaict de me taire,
Mais du plaisir que i'ay par effet esprouué
L'aparence a tousiours tesmoigné le contraire.

  Mais depuis que mon ame adore à son mal'heur
La beauté sans mercy qui la tient asseruie,
Helas! ie suis contraint de cacher ma douleur
Et souffrir sans parler qu'elle m'oste la vie.

  Vous qui m'auez trahy, beaux yeux, soyez
    tesmoins
De l'estrange rigueur dont mon ame est batuë,
Ie me suis plaint du mal que i'ay souffert le moins
Et ne m'ose pas plaindre a present qu'on me tuë.

  Au contraire il faut rire & d'vn visage faint
Couurir la cruauté d'vn tourment veritable,
Tesmoigner d'estre libre alors qu'on me contraint
Et mostrer qu'ō m'allege à l'heure qu'on m'accable.

  Viure par fantaisie, & mourir en effet
N'oser mesme à la mort crier qu'on me pardonne,
Benir incessamment le mal que l'on me fait
Et cacher mon trepas à celle qui le donne.

  Exposer mon courage aux fureurs du mespris
Sacrifier mon sang à celle qui le tire,

Donner mon propre cœur aux flames qui t'ont pr[is]
Et perdre la coronne en souffrant le martire.

Voyez que c'est d'amour, le vray contentemen[t]
Que i'auois dans le cœur est ores en la mine,
Et le mal que i'auois en mine seulement
Est passé maintenant au fond de la poictrine.

Bel Esprit puis qu'il faut que de tant de trauau[x]
Pour toute recompense vn trepas me demeure,
Helas ! ie ne vous prie en la fin de mes maux
Si ce n'est seulement d'agreer que ie meure.

Car i'aime mieux mourir que de ne vous voir p[as]
Et mieux ne vous voir pas que vous estre inutille
Vous aymer sans vous voir me seroit vn trepas
Vous voir sans vous aymer m'ē seroit plus de mill[e]

STANCES 3.

Vis qu'il faut qu'à ce coup mon ame soit na[u]
Bien qu'il me soit cruel, ie ne m'en plaind[re]
Ie chanteray plustost à la fin de ma vie
Comme vn Cygne qui sent aprocher son trepas.

Il ne m'a rien seruy de vous auoir quitee
Helas ! mais au rebours c'est tout ce qui me nuit,

Car depuis mon depart la clarté m'est ostee
Et le plus beau Soleil ne me sert que de nuict.

Il ne me sert non plus d'estre au cœur de la Frãce
Au seiour des plaisirs dont la Cour se repaist,
Tout plaisir me deplaist loin de vostre presence
Ainsi que pres de vous tout deplaisir me plaist.

Icy belle Cloride, icy la viue Image,
De vos perfections touchant mon souuenir,
De tout autre discours luy fait perdre l'vsage
Et tout autre seiour pour sauuage tenir.

De toutes ces beautez les amoureuses craintes
Ne touchent point le cœur que ie vous ay laissé,
Car il est à couuert de toutes leurs attaintes:
Puis celuy qui se meurt ne craint d'estre blessé.

L'absence de vos yeux m'est vne mort au monde,
Et si ie vis encor' c'est en vous seulement:
Ainsi que le Dauphin separé de son onde
Qui ne peut respirer hors de son element.

Parmy tant de tourmens cela me reconforte
Qu'ils seruent à monstrer ma fidele amitié,
Et que vous faisant voir l'amour que ie vous
    porte,
Si ie meurs de douleur vous mourrez de pitié.

A iiij

Mais helas ! ce n'est pas la premiere asseurance
Que vous deuez auoir de mon affection,
Car ma discretion & ma perseuerance
Sont depuis vn long temps en leur perfection.

De me payer icy d'vne feinte ignorance
C'est de vos seruiteurs perdre le plus parfait,
Et vouloir ignorer & feindre en apparence
Ce que vous ne pouuez ignorer en effet.

Car vous sçauez mõ cœur, vous lisez en mon ame
Et voyez en l'ardeur qui me va consumant,
Qu'ainsi que ie ne puis seruir plus belle dame
Vous ne pouuez choisir vn plus discret amant.

Courez tout l'vniuers, captiuez tous les hommes
Vous le pouuez bien faire auec facilité,
Mais non pas en trouuer entre tãt que nous sommes
Vn qui soit plus parfaict en sa fidelité.

Ie soupirois cecy sur la riue de Seine
Apellant à tesmoins les plaines & les bois,
Et touchant les rochers du soucy de ma peine
Qui plus humains que vous respõdoient a ma vois.

Mais quand apres long temps ie conclus en moy-
      mesme
Le terme du retour que i'auois limité,

Ainsi que du depart la douleur fut extreme
Le plaisir du retour fut à l'extremité.

Car mon affection ne me faisoit attendre
Sinon que vous deuiez appaiser ma langueur,
Et iouyr des plaisirs que nous n'aurions sceu prendre
Moy par trop de regret, vous par trop de rigueur.

Mais las! que ie suis loin de voir recompensee
L'extreme passion qui cause mon trepas,
Si vous n'en approuuez seulement la pensee:
Peut-on recompenser ce qu'on n'approuue pas?

Et bien, soyez moy donc fauorable ou contraire,
Exercez dessus moy toutes vos cruautez:
Vous me pouuez bien perdre, & non pas iamais
    faire
Que ie serue apres vous de nouuelles beautez.

Car tant que ie viuray ie seray vostre esclaue,
Et quand ie seray mort encore en vous seruant,
Entre ceux que l'Oubly dedans son onde laue
Vostre cher souuenir me restera viuant.

Que si las! il aduient qu'un autre vous possede
(Ce que iamais le ciel ne vueille consentir)
Auant que cela soit faictes que ie decede,
Ou perde au moins les sens auant que le sentir.

Mais qui seroit celuy qui voudroit entreprendre
De me vouloir rauir vn bien qui m'est si cher?
Et quand il en seroit, qui me pourroit defendre
Ou de perdre la vie, ou de l'en empescher?

Celuy que vous sçauez a trop de cognoissance,
Et ne soupire plus qu'apres le changement:
Vous pouuez clairement iuger par son absence
Qu'il n'a pas tant d'amour comme de iugement.

Vous l'aymez toutesfois encore qu'il vous quitte
Et moy de qui l'amour touche l'infinité,
Aulieu de receuoir le prix de mon merite
Ie souffre le mespris de son indignité.

Ha! trop heureux ingrat comment luy peux-il
    plaire?
Pour la trop bien aymer ie suis d'elle battu:
Pour la trop mal seruir tu reçois du salaire:
On guerdonne ton vice, on punit ma vertu.

Mais si iamais Amour par raison ne se guide
Quelle raison pourroit estre icy de saison?
Amour pardonne moy, pardonnez moy Cloride,
Ie confesse auoir tort d'auoir trop de raison.

STANCES. 4.

V N iour que la Raison logeoit dedans mon ame,
Amour partant des yeux qui l'ont fait mon
    vainqueur,
Vola droit à mes sens ainsi qu'vn trait de flame
Commandant qu'on ouurit la porte de mon cueur.

La Raison qui faisoit la garde sur la porte
Oppose sa froideur à ses traits plus ardans,
M'asseurant que s'il entre il faudra que ie sorte
Aussi tost hors de moy comme il sera dedans.

I'escoute son conseil & porte sa parole
A ce dieu capital ennemy de Raison,
Mal-heureux, respond-il, les beaux yeux d'où ie
    vole
Sont bien autre logis que non pas ta maison.

Comme vn Roy triomphant d'vne ville forcee
Ce dieu victorieux entra dedans mon fort:
Ma Raison fut bannie auecques ma pensee
Et moy ie fus iugé coupable de la mort.

Quelle mort suffira pour chastier son vice?
Il faut ce dit Amour qu'il brusle à petit feu:

Mais non, dit-il apres, c'est vn trop doux supplice,
Inuentons-en quelqu'vn que l'on n'ait iamais veu

Esclaue fugitif, vne flame diuine
Purgera le forfait de tes ieunes erreurs,
Ie veux qu'vn feu plus grand honore ta ruyne,
Et qu'en bruslant dedans tu chantes ses fureurs.

Il tourne ce disant mon cœur à vostre face
Et l'expose aux rayons qui sortent de vos yeux:
O rebelle! dit-il, que ie te fais de grace
De te brusler d'vn feu qui consume les dieux.

Puis s'il vous en souuient il vous tint ce lan-
    gage,
(Madame) i'ay trouué ce cœur en liberté,
Gardez-le s'il vous plaist dans le mesme cordage
Où le mien plus leger est par vous arresté.

Qu'il sente de vos yeux la douce tyrannie,
Qu'il brusle incessamment sans estre consommé,
Qu'en mourant nuict & iour il ne perde la vie
Et qu'en perdant la vie il ne soit point aymé.

Qu'on dresse vne colone au lieu de son martyre,
Marque de ma iustice, & de sa trahison,
Afin que les mortels qui sont en mon Empire
Sçachent qu'il ne faut point escouter la Raison.

Voila de mes tourmens l'histoire pitoyable,
La colomne fut faicte ainsi qu'il auoit dit:
Belle vous fustes lors à mes cris imployable,
Et depuis i'ay senty ce rigoureux Edict.

Depuis ces yeux si beaux où l'amour se retire,
Si gracieux à voir, & si benins à tous,
Changeans de qualité cesserent de me rire,
Et deuindrent cruels au lieu de m'estre doux.

Beaux yeux dont la clarté de lumiere me priue,
Qui portez en vos traits la vie & le trepas,
Vous faites que ie meure, & faites que ie viue
Pour vous auoir trop vûs & pour ne vous voir pas

Belle ame regardez la douleur qui me tuë
D'vn languissant trepas que ie souffre en ces lieux,
Et si ie dois mourir pour vous auoir trop veuë
Ne me faictes point viure esloigné de vos yeux.

Ie ne crains point ma mort, c'est toute mon enuie,
Et ne pouuoir mourir c'est tout mon desespoir:
Tout ce que ie puis craindre est de me voir en vie
Apres auoir perdu la gloire de vous voir.

Mais non, ne craignons plus, ma mort est bien
    prochaine,
Mes amis la voyant ont pris congé de moy,

Tout le monde a maudit mon amoureuse peine
Qui le priue en ma mort de constance & de foy.

Instrument & suiet de mesme tragedie
Mon mal'heur vient d'auoir escouté la raison,
Et raisonnant encor', de ceste maladie
Dont ie suis presque mort i'attens ma guerison.

Las! c'est ce qui vous rend contre moy si seuere
De voir tant de raison mon amour animer:
Car sçachant bien que l'vn est à l'autre contraire,
Vous croyez que i'ay trop de raison pour aymer.

Mais ne le croyez pas, il est hors d'aparence,
Car ce n'est point raison d'aymer sa propre mort,
Ou si i'auois raison d'aimer ce qui m'offence
Il s'ensuyuroit au moins que ie n'ay point de tort.

Meurs doncques Lydian, ta fin est agreable
A la belle qui vit de ta mort seulement;
Tu viuois par raison, il est bien raisonnable
Que tu meures icy desraisonnablement.

STANCES. 5.

Quel plaisir prenez-vous à me faire souffrir
Quel honneur vous en vient? auez-vo[us]
plus de gloire,

A massacrer les cœurs que l'on vous vient offrir,
Qu'à les faire seruir apres vostre victoire ?

Vous estes en cela contraire a vos beaux yeux
De qui les traits au moins sont doux en aparence,
Et vous estes encor contraire à tous les Dieux
Dont la iuste fureur fait place à la clemence.

L'honneur est de sauuer ce qu'on peut perdre aussi
Et si c'estoit honneur de faire le contraire,
Les plus cruels demons le font tousiours ainsi
Qui ne sçauët que c'est d'honneur ny de bien faire.

Helas ! où vous conduit l'ordre de mon destin
De vous faire chercher l'honneur en la malice,
Et tuer vn Amant qui ne plaint en sa fin
Que l'vnique moyen de vous faire seruice.

Parfaicte aduisez-y, ce n'est pas mon trepas
C'est vostre seul honneur dont ie crains le dif-
     fame,
S'il ne faut que mourir, ie ne m'en plaindray pas
Pourueu que vos beautez n'en ayet point de blâme.

Voulez-vous qu'elles soient coulpables deuant tous
De tant de cruautez dont mon ame est esmeuë ?
Las ! vous tuez vn feu qui n'a rien de si doux
Que l'ardeur qu'il reçoit de vostre belle veuë.

Au moins auant mourir oyez mes derniers cris
Receuez mes soupirs bel obiect de ma flame,
Escoutez ma priere, & voyez ces escris
Qui portèt peinte au front la douleur de mon ame.

Plaise aux Dieux immortels non de me secour
Mais de vous pardonner mon trepas volontaire,
Et vous recompenser de m'auoir faict mourir
Cōme du plus grãd biē que vous m'eussiez sçeu fai

Ie charge mes amis s'ils regrettent ma mort
Que de vostre respect leur plainte soit suiuie,
Qu'ils honorent la cause & benissent le sort
D'auoir fait vne mort digne de telle vie.

Et vous belle voicy mon plus ardent souhet,
Viuez tousiours heureuse & pleine de liesse,
Ie vous donne mon cœur qui fut vostre iouet,
Et pers icy le corps qui fut vostre tristesse.

STANCES. 6.

N fin ceste beauté qui me sembla si belle
Dont les charmes m'auoient si doucemẽ
    espris,
S'en allant hors de moy ne m'a rien laissé d'elle
Que la honte que i'ay d'en auoir esté pris.

Mais

Mais l'aise de marcher sur la chaisne pesante
Du seruage amoureux qu'à la fin i'ay cassé,
Et le plaisir de voir ma liberté presente
Surpassent le regret du seruage passé.

Mes yeux maintenant sains regardent son
  image,
Sans se laisser tromper à mes affections,
Et content pour deffaux és traicts de son visage
Ce qu'ils souloient conter pour des perfections.

Des remedes du temps mon amour consumee
Fait resoudre mes sens & mon esprit esmeu:
Mais las ! que me sert-il d'euiter la fumee
S'il faut que puis apres ie tombe dans le feu?

Vne autre Deité maintenant me possede
Qui menace mon cœur d'vn pareil traictement:
Helas ! si ie la fuy, i'esloigne mon remede,
Et ne la fuyant pas i'approche mon tourment.

Voyant ses yeux si beaux, & si belle sa face,
Ie crains que sa douceur ne cache son dedain,
Comme l'expert nocher à qui la mer bonace
Fait craindre les effects d'vn orage soudain.

Puis en me permettant vne amoureuse enuie
Elle m'a defendu l'espoir de l'alleger,

B

N'est-ce pas tout autant que permettre la vie,
Et tout en mesme temps defendre le manger?

Voila ce que ie crains en ce present mesaise,
Voicy ce que i'espere en tout euenement:
Si Madame vouloit deuenir plus mauuaise,
I'ay mon premier remede à mon commandemèt.

STANCES. 7.

NE m'en parlez iamais, elle pourroit mourir
Dans le viuant regret d'vne eternelle flame,
Ie ne la voudrois pas d'vn baiser secourir,
Quand vn baiser tout seul luy pourroit rendre
　　l'ame.

Il faut qu'a mon amour son regret soit pareil,
Qu'il soit vain comme luy, qu'il la reduise en
　　cendre:
Ie veux comme elle à moy luy donner du conseil,
Et tout en mesme temps l'empescher de le prendre.

Non, si i'ayme iamais autre chose que moy
Ie veux choisir vn cœur desloyal & faussaire,
Afin qu'à l'aduenir s'il me change la foy
Ce soit de mal en bien, & non pas au contraire.

Mais las ! s'il faut aymer vn cœur' malicieux,
Il ne faut donc choisir que cest' ame volage:
Car on doit esperer qu'elle se change en mieux
Puis qu'elle ne sçauroit empirer dauantage.

STANCES. 8.

Ien ne peut l'esgaler seulement qu'elle mesme,
Car sa beauté parfaicte, & sa douceur ex-
    tresme
Ne peuuent receuoir d'autre comparaison:
Son discours me charmoit l'ame par les oreilles,
Et ses yeux à l'enuy faisoient tant de merueilles
Qu'ils rauissoient les sens auecques la raison.

De cest Age maudit l'ingratitude infame
M'a faict iurer cent fois de n'aymer iamais fame
Ayant pour vn plaisir souffert mille tourmens:
Mais ie ne sçauois pas qu'elle fust animee
D'vne diuinité si digne d'estre aimee
Que i'eusse du merite à rompre mes sermens.

Cause de mon pariure, Angelique visage
Pour qui ie me repens d'estre deuenu sage
Et iure maintenant de ne l'estre iamais:
Ie me fausse la foy pour vous estre fidele,

Et pense que l'effect d'vne cause si belle,
Bien qu'il me fasse mal ne peut estre mauuais.

Ie sçay que vers le ciel imprudent ie m'adresse,
Que i'adore, ou plustost i'irrite vne Deesse
Qui s'offense des vœux des indignes mortels:
Mais l'honneur du martyre augmente mon enuie,
Et s'il en faut mourir puis ie perdre la vie
Plus honorablement que dessus vos autels?

Fasse de moy le ciel ce qu'il en voudra faire
Ie forceray du ciel la fortune contraire,
Ie rompray les destins, & braueray la mort,
Ie passeray la mer sans voile ny sans rame,
I'exposeray ma vie, & vous rendray mon ame,
Pourueu qu'entre vos bras ie tombe sur le port.

O cheute bien heureuse! agreable naufrage,
Embrassement diuin dont ie cheris l'ombrage
Plus que le cors viuant de tous autres plaisirs:
Ie ne pretens de vous vne grace plus belle,
Que d'en estre bruslé comme vne autre Semele,
Pourueu qu'an parauant i'estaigne mes desirs.

STANCES. 9.

NE pouuant plus parler, ne pouuant plus mourir,
Ne trouuant plus qui daigne à mes pleurs ac-
    courir,
Il faut qu'en ce papier ie depeigne ma flame,
Que ce que le Soleil n'est capable de voir,   (uoir,
Que ce que les grands dieux peuuent seuls conce-
Ie graue en ce papier comme vous en mon ame.

    Papier si tant de feux ne vous mettent en feu,
Si tant de passions ne vous touchent vn peu,
Vous serez plus glacé que n'est la mesme glace,
Vous serez ma maistresse en ceste qualité,
Et tiendrez de son cœur l'insensibilité,
Comme vous retenez des blancheurs de sa face.

    Papier le seul tesmoin de mes fieres douleurs,
Vous serez bien heureux de mes propres mal-heurs,
Ce qui me fait hayr vous rendra plus aymable:
Ces yeux dont maintenant ie suis tant mesprisé,
Vous rendront quelque iour si bien authorisé,
Qu'ils me diront heureux d'estre si miserable.

    Receuez donc papier la belle impression
Des caracteres saincts de mon affection:

Portez-les à Madame, & mourez deuant-elle,
Dites luy que mon cœur ayant tout esprouué,
Est marry seulement de n'auoir point trouué,
Vn suplice qui soit si grand comme elle est belle.

Papier si vous pouuiez luy dire les tourmens,
Et les morts qu'en viuant ie souffre à tous momens
Iamais papier n'auroit compris tant de merite:
Mais quoy, rien ne les peut penser que mon esprit,
Mon malheur va passant tout moyen d'estre escrit,
Et dire ma douleur c'est la rendre petite.

Au moins de tãt de morts souffertes sans mourir,
Dites-luy le trespas où ie m'en vois courir
Pour seruir sa rigueur d'vn plaisir inutille:
Cher papier s'il vous reste encore quelque voix,
Dites-luy que n'ayant peu mourir qu'vne fois,
Ie demande pardon de ne l'auoir peu mille.

Papier ie ne plains pas que ie trespasse ainsi,
Car ma belle le veut, & le merite aussi
Puis vous me reseruez vne vie plus belle:
Mais ce que ie regrette est de ne pouuoir pas
Faire que celle-la soit subiecte au trespas,   (d'elle.
Pour pouuoir plusieurs fois mourir pour l'amour

Mais quoy, c'est vne plainte inutile pour moy,
Car sentant de mes maux la rigoureuse loy,

Et de sa cruauté la douleur importune:
Ie remeurs plus souuent que ie ne ferois pas,
Et viure ainsi par force au milieu du trespas
C'est souffrir plusieurs morts & n'en souffrir aucune

Allez doncques papier à ces beaux yeux qui font
Que mon cœur esploré tout en larmes se fond,
Dites leur les soupirs & les pleurs que ie seme;
S'ils n'ont quelque pitié de mon affliction,
Peut-estre m'auront-ils de l'obligation,
Car ie leur donne icy ce que m'oste à moy-mesme.

Beaux yeux que i'ay si haut & tant de fois
    chantez,
Qui tenez des humains tous les cœurs enchantez,
Et des Dieux immortels les maiestez captiues:
Puis qu'il faut maintenant que ie perde vos raiz,
Adieu: ie iure icy de ne viure iamais,
Et de rendre en ma mort vos louanges plus viues.

STANCES. 10.

ABsent de vos regards doux feu de mon desir
Voyez comme ie fonds en larmes ruisselantes,
Vous diriez que les feux qui me viennent saisir
Ne produisent en moy, que fontaines coulantes.

Beaux yeux se peut-il faire helas! qu'vn feu
    beau,
Fasse de mes deux yeux, ceste pluye descendre,
Las! qu'il m'a bien trompé, de me changer en eau
A lors que ie pensois qu'il me reduit en cendre.

Vous iettez tãt d'esclairs, hé! ne craignez vous,
Que vos propres ardeurs vous reduisēt en poudre
Veu que noyé de pleurs, mesme apres le trespas
Ie suis encor' atteint des pointes de leur foudre.

Non, non, ne craignez point que tant de pleu
    diuers,
Amortissent enfin le flambeau de mon ame,
Car ce deluge d'eaux qui noya LX niuers
Cederoit aux ardeurs d'vne si belle flame.

Le Ciel vous le promet, & Lydian aussi
Dont vous estes beaux yeux l'esperãce & la crainu
Qui faict qu'en vostre absence encor ie viue icy
Des propres elemens dont ma vie est estainte.

ELEGIE

Vittant les lieux aymez de ma douce naif-
    sance,
Quelle extreme douleur n'a suiuy mon absance?
Quels soupirs de mon cœur iusqu'au ciel sont volez!
Et quels pleurs de mes yeux sont à terre coulez!
On croyoit que ie fusse vne viue fontaine
Les voyant ondoyer d'vne course lointaine,
Et puis en me voyant soupirer si souuent
On croyoit autres fois que ie fusse du vent:
Mais las! les pauures sots, s'ils eussent veu mon
    ame
Ils eussent mieux iugé que i'estois tout de flame,
Car ce seul element qui resout tout en soy
Sortant de vos beaux yeux presidoit lors en moy,
Et voulant seul en moy sans obstacle reluire
Chassoit les qualitez qui le vouloient destruire.
   Infidele qui fus l'orient de mes iours
Maintenant le couchant de mes tristes amours,
Autres-fois mon soleil, à present les tenebres
Qui me troublent d'obiects & d'images funebres,
Non non ne pense pas que ces feux que ie dis
Soient les mesmes ardeurs qui me brusloient iadis.

Lors que portant au col la chaisne volontaire,
Ie viuois seulement au monde pour te plaire,
Et que pour m'abuser ton cœur malicieux
Changeoit en pur cristal le beau feu de tes yeux!
Alors de quels honneurs priuas-tu ta memoire
De toy mesme ennemie, & de ta propre gloire,
Et de quelle rigueur, cruelle, estouffas-tu
Les hymnes qui naissoient pour ta seule vertu.

Ingrate cruauté tu n'estois pas tant belle,
Mais c'estoiët mes soupirs qui te faisoient voir telle,
Et mes ressentimens estoient le mesme trait,
Qui rendoient amoureux chacun de ton pourtrait,
Chacun en m'escoutant admiroit ton visage,
Qui fournissoit mon cœur d'vn si riche langage,
Et me voyant tant plaire en mon propre tourmant
Seulement de me voir deuenoit ton amant.
Mais va, ie ne veux plus, ame ingrate & legere,
Auoir iamais pour toy qu'vne ame passagere,
Vn esprit de changeur, vn corps d'air, ou de vent,
Qui se forme au patron de ton sable mouuant:
Qui porte (comme toy) deux cœurs en la poitrine,
Qui cache vn mauuais ieu sous vne bonne mine,
Et logeant son honneur en l'infidelité,
Iette le iou rompu de sa captiuité.
Va, tu perds tes beautez en perdant ma lumiere,
Et te perdant i'acquiers ma franchise premiere,
Ie veux qu'vn autre obiect, plus digne de ma voix
S'honore du labeur qui fut tien autres fois,

Et que recognoiſſant tes traicts en mon ouurage,
Et dedans ton tableau pourtrait vne autre image,
Tu meures d'eſtre viue, & voir mort ton renom
Dont vne autre plus belle embellira ſon nom.
  Vous belle que le Ciel en ſe courbant adore,
Que Dieu meſmes a faicte ainſi qu'vne Pandore,
Auſſi pleine de dons que ſa puiſſante main
En peut auoir enclos dedans vn vaſe humain.
Soyez pour tout iamais l'idole de mon temple,
L'eternelle beauté que rauy ie contemple,
Le bien-heureux obiect qui contente mes yeux,
Et le ſouuerain bien de la terre, & des cieux.
C'eſt pour vous que l'Amour d'vn ſi beau feu m'al-
    lume,
C'eſt pour vous que l'Amour luy meſme ſe côſume,
C'eſt pour vous que mon cœur diſtille tout en pleurs
En coulant ſur ma face en faict naiſtre des fleurs.
C'eſt pour vous que ma vie auant le temps s'eſcoule
Afin que voſtre nom ſous les ans ne ſe foule,
Et mourante ſe plaiſt, de voir ſon ſang perir,
Pourueu que ſon treſpas vous garde de mourir.
Angelique l'honneur de la terre, & de l'onde,
Le Soleil eſclairant de l'vn & l'autre monde,
Le Paradis terreſtre, & le celeste auſſi,
Des hommes, & des Dieux le penetrant ſoucy.
Faut-il qu'apres tant d'heur, vne iniuſte con-
    trainte,
Ou pluſtoſt du Ciel meſme vne ialouſe crainte,

Me force de partir d'vn seiour ou les Dieux,
Eux-mesme establiroient la gloire de leurs Cieux.
Or Adieu le pourtraict des formes supernelles,
Eternelle beauté des beautez eternelles,
La clarté que Dieu fit pour monstrer son pouuoir,
Qui rend le Soleil mesme esblouy de la voir.
Le prodige qui fait estonner la Nature
De voir son naturel ceder à ta peinture,
Ie te coniure icy par tant de traicts diuers,
Dont tu peux en iouant embrazer l'vniuers,
Par ce fleuue qui sort enflamé de ta veuë
Dont la flame du ciel elle-mesme est esmeuë,
Par ces yeux ou se font les foudres de mon cœur,
Par ce nom qui ie rends du temps mesmes vain-
    cueur,
Par l'honneur rechanté de tes hautes merueilles,
Et par le doux espoir dont tu flates mes veilles,
Par tes pieds mes sauueurs, par tes bras enlacez,
Dont ie tiens en mourant tes genoux embrassez,
Angelique, oy mon cœur en partant qui t'adiure,
D'auoir tousiours au tien mon nom, & ma figure.

POEME.

Oicy de Palmedor l'histoire pitoyable
Que le ciel auoit fait aux dieux mesme sem-
   blable,
Le pauure Palmedor qui portoit du Dieu Mars
Et de l'Amour aussi les inuincibles dars,
Et défait auiourd'huy des yeux d'vne cruelle,
Qui rend de mille morts son ame criminelle.
Belle main dont le coup tua ce langoureux,
Pour cela seulement qu'il estoit amoureux,
Qu'il n'aymoit rien que vous, n'adoroit que vo-
   stre ame,
Et ne pouuoit iamais receuoir d'autre flame;
Pardonnez à ce corps qui n'eust rien de si doux,
Que le seul souuenir d'auoir vescu pour vous.
   Le iour qu'il fut priué de vostre compagnie,
Ne pouuant plus durer sous vostre tyrannie
Il vint mourir icy conduit du desespoir,
Si triste que la mort eust horreur de le voir.
Les cieux furent ouuerts à ses dernieres plaintes,
Et des coups de sa voix les Deesses attaintes
Descendirent en terre, & trauerserent l'air
Pour le prier de viure, & pour le consoler,

Mais voyez que l'Amour trouble nostre courage,
Tous les dieux luy sot moins qu'vne pome sauuage.
Il ne vit qu'en sa mort, & croit qu'il ne soit pas
D'autre immortalité que son propre trespas.

Angelique, dit-il, mon Soleil & ma Sphere,
Tout ce que ie puis craindre, & tout ce que i'espere,
Le seul bien de mes yeux, le seul mal de mon cœur,
Cause de mon martyre, & fin de ma langueur;
C'est à vous que ie parle, escoutez mon idole,
De vostre Palmedor la derniere parole,
Vous n'en receurez plus, ie vous promets qu'icy
S'acheuera ma vie & mon amour aussi.
De penser que ie viue apres vostre defense,
De croire que iamais Palmedor vous offense
I'ayme mieux que le ciel l'accable de son poix,
Qu'il transgresse iamais la moindre de vos loix.
C'est bien trop offenser d'auoir la hardiesse
D'aymer homme mortel vne humaine Deesse,
Conspirer son seruice, & viure encor apres,
Auoir eu de mourir commandement expres:
Esclaue que ie suis ie deuois estre en cendre
Dés l'heure que vos yeux me le firent entendre:
Et c'est tout mon regret d'auoir vescu depuis
Pour estre le subiet qui cause vos ennuis:
Regret qui m'est d'autant plus cruel & seuere
Que vous estes estrange à croire le contraire.
Angelique mon Ange, auez-vous doncques creu
Que i'aye au plaisir à vous auoir despleu?

Que i'aye ce dessein de vous faire vn outrage,
Si contraire au respect de mon humble seruage!
Et bien ie ne veux point contraindre vostre foy,
Ayez l'opinion qu'il vous plaira de moy.   (stre;
Croyez moy plus trôpeur, plus meschât, & plus trai-
Pour cela Palmedor ne le pourra pas estre.
Il est trop genereux pour penser seulement
A ternir de ce traict l'honneur de son tourment.
Cherchez tout le dedans d'vne ame inexorable,
Soyez-luy sans raison tousiours deffauorable,
Quand il voudra parler n'escoutez pas vn mot,
Et par despit de luy fauorisez vn sot:
Vous le pouuez bien perdre, & non pas iamais faire
Qu'il offense l'obiect qui cause sa misere.
O ma belle Angelique, honneur de mon trespas,
Si c'est vous offenser que de ne mourir pas;
Si vouloir admirer vne chose trop haute,
Et vous crier mercy c'est vous faire vne faute:
Il est vray, ie l'ay faicte, & ne veux point sentir
D'vne si belle offense vn mauuais repentir.
Mais si mourir d'amour, de respect, & de crainte,
Et mesler vostre gloire aux esclats de sa plainte,
Si perdre son bon-heur, soy mesme & son plaisir,
Et ne se conseruer que vostre seul desir.
Si donner de ses ans la meilleure partie,
Si se sacrifier soy mesmes en hostie,
Et mourir tout contant de vous pouuoir seruir:
Peut de vostre courroux la rigueur assouuir.

Angelique l'honneur de ma perseuerance
Agréez que ma mort expie mon offence,
Et que le coup sanglant de mon oblation
Soit le dernier tesmoin de mon affection.

 Apres que Palmedor eut acheué l'office
Qu'il auoit commencé pour vous rendre propice
Il cherche à son costé pour punir son erreur
Ceste lame qui fut du monde la terreur.

 Chere lame, dit-il, que tu m'es fauorable
De me faire mourir d'vne playe honorable
En finissant ma peine, & seruant la beauté
De qui mesme en mourant i'aime la cruauté.

O de mes ieunes ans l'agreable deffaite,
Ce n'estoit pas cela que le Ciel t'auoit faite:
Mais ce n'est pas le Ciel auiourd'huy qui te meut
Il n'y a que ce point. Angelique le veut,
Il se faut resiouyr de pouuoir par la vie
Satisfaire au desir de sa mortelle enuie.

 Acheuant ce discours, il tourne contre soy
Ceste pointe où la mort mesme palit d'effroy,
Et d'vn ris genereux tesmoin de l'allegresse
Qu'il sentoit de mourir pour si belle maistresse
Se blemissant le front d'vne honneste couleur,
Acheue d'vn seul coup sa vie & sa douleur.

 L'esprit de Palmedor laissant le corps sans ame
Percé de part en part de sa guerriere lame,
S'enuole droit au Ciel où les Dieux courroucez
Se debattent entr'eux de ce mortel excez.

AMOVRS.

La Mars impatient Apollon, & Mercure,
Dont il estoit viuant la plus soigneuse cure,
Crient contre l'amour & ses feux languissans,
Qui sous ombre d'aimer nous font perdre les sens.
Amour en s'excusant dit que c'est Angelique
Dont la veuë est semblable au mortel Basilique,
Qui tuë en regardant, & peut d'vn seul coup d'œil
Enuoyer les humains & les Dieux au cercueil.
Iupiter au conseil les autres Dieux assemble,
Et de son fier regard le consistoire tremble :
C'estoit faict du procez, & par arrest des Dieux
Vous perdiez icy bas premierement les yeux,
Et puis apres la mort vous estiez condamnee
A souffrir des damnez la fiere destinee.
Iuste fureur des Dieux sainctement irritez,
Que vous eussiez senty, comme vous meritez,
Si vostre Palmedor, vostre propre partie,
Celuy mesmes auquel vous ostastes la vie
N'eust tant prié les Dieux, qu'en fin par sa pitié
Il obtint le pardon de vostre mauuaistié

A M O V R S

AMOVRS DE PYRAME.
POEME.

IE chante icy l'ardeur de ma premiere flame
Sous le nom emprunté du fidele Pyrame,
Et vous donne vn pourtraict du plus parfait amant
Que vous puiſſiez trouuer deſſous le firmament.
Diane incomparable à qui la deſtinee
Ne ſçauroit opoſer aucune choſe nee,
Voyez en ce mirouer qui ne vous peut tromper
Voſtre valeur ſans prix, & vos beautez ſans per.
   Pyrame fut iadis ceſt amoureux fidele
Pour qui mourut Thysbé comme il mourut pour elle,
Tous deux auoient fiché meſme traict dans le flanc,
Tous deux eſtoient eſgaux en nobleſſe de ſang,
Tous deux riches & grands des faueurs de fortune,
Tous deux naiz en Babel d'vne ville commune,
Et tous deux ſi voiſins qu'vn vieil mur ſeulement
De leurs prochains logis partoit le baſtiment.
   Amour d'vn meſme las les voulut tous deux
     prendre,
Si Pyrame bruſloit, ſa dame eſtoit en cendre,
S'il luy parloit d'amour elle luy reſpondoit,
Et deuant que parler ſes ſoupirs entendoit.

Courez, ce disoit-il, des peuples Iberides
Iusqu'au doré iardin des Nymphes Hesperides,
Cherchez vn seruiteur des Mores embrunis
Iusques ou les Riphez sont de nege ternis;
Et s'ils en peut trouuer vn autre à moy semblable
Que iamais vostre amour ne me soit secourable,
Que n'aymant rien que vous ie ne sois point aymé,
Et qu'en vous honorant ie sois mesestimé,
Que ie meure d'enuie, & qu'vn riual iouysse
Du bien qui n'apartiet qu'au droict de mon seruice.
    Pyrame en acheuant ces amoureux propos
Sent vne froide peur luy courre par les os:
Il chancelle de crainte, & son braue courage
Se trouble en regardant vne fille au visage.
Mais elle qui ne peut supporter la douleur,
Si viuement pourtraicte en sa foible couleur,
Luy dit que ses vertus ont coulé dans son ame,
Qu'elle sera plustost sans cœur que sans Pyrame,
Et iure que plustost la nuict deuiendra iour,
Qu'vn autre que Pyrame aquiere son amour.
S'estans promis tous deux vn fidelle Hymenee
Il s'embloit que l'amour benit ceste menee,
Et qu'vn Ciel fauorable estincellant de feux
D'vn visage riant fauorisat leurs veux.
Mais ils verrot bien tost qu'Amour est vn faussaire
Qui sous l'ombrage feint d'vn bien imaginaire
Qu'il promet en menteur, verse mille tourmens
Sur le chef endurcy des fideles Amans.

AMOVRS.

Il faut sacrifier quelque chose à l'Enuie
Qui ialouse veut part au bon-heur de la vie,
Thysbé qui n'en fit rien, se repentit d'auoir
M'esprisé iustement vn iniuste deuoir,
Car tout incontinent sa langue medisante
Fit par tout publier son amour languissante;
Tout le monde le sceut, tout le monde rauy
Et ialoux de leur bien, en parloit à l'enuy.
Mais le pere barbare, & la mere plus dure
L'enfermerent soudain dans l'estroite closture
D'vne triste prison, où la Grace & l'Amour
Vindrent pour l'amour d'elle establir leur seiour.
Là de mille soupirs le ciel elle importune,
Accuse son destin, & maudit sa fortune,
S'apelle miserable, & souhaite la mort
De cris, de pleurs, de maux, la fin, le but, le port,
Cependant que Pyrame enrage, bruit & iure
De marquer de vengeance & de sang ceste iniure.
Vn iour apres auoir soupiré longuement
Cherchant à leurs ennuis quelque soulagement,
Thysbé voit en pleurãt quelques vieilles murailles
Ietter par les costez leurs pierreuses entrailles,
Soigneuse elle y prend garde, & de l'iuoire blanc
De ses doigts elle fait en ce vieil mur vn flanc,
Par lequel elle void la complainte fidele
Que mesmes en dormant Pyrame fait pour elle,
Agraué de douleur, d'angoisse, & de sommeil
Comme vn beau lys flestry par l'ardeur du Soleil,

Ou comme vn beau soucy qui la teste panchee
Plaint du mesme Soleil la lumiere cachee,
La vierge le voyant d'vn œil à demy clos
Soupirer cy dormant tant d'amoureux sanglots,
Se baignant de plaisir tout doucement l'appelle;
Que faites vous mon cœur, dormez vous ce dit elle
Cependāt que Thysbé sent pour vous nuict & iour,
Et les traicts de la mort, & les traicts de l'Amour?
A ce nom de Thisbé Pyrame se resueille
Saisi d'estonnement, de crainte & de merueille,
Il saute le chalit, regarde, escoute, & void
La muraille percee, où la pucelle estoit,
Il void pendre son Ceste, & rauy de trop d'aise
L'admire, le benit, le contemple & le baise.
Il se pasme, elle pleure: & disputent tous deux.
A qui mieux appartient de soupirer leurs feux:
C'est à moy dit Thisbé, ce sont mes cheres armes,
Puis i'ay plus de raison de me noyer en larmes;
D'autant que vous pleurez seulement vostre esmoy
Et ie pleure, pauurette & pour vous & pour moy.
Ma belle tous ces pleurs que nous espanchons ore,
Ne sçauroient deuorer le feu qui nous deuore:
Ny cest abysme d'eaux, reduyt tout en amas
Quand il l'auroit noyé, ne l'amortiroit pas:
Car i'ay tant de plaisir, lors que ie m'imagine
La source dont mon mal a pris son origine,
Que ie me plaindrois plus de le voir adoucy,
Que ie ne me plains pas de le voir endurcy.

C iij

Ie ne pleure iamais qu'aussi tost ie ne pense
Receuoir en mes pleurs de mes pleurs recompense,
Et le plus grand mal-heur qui me sceut aduenir
Seroit de voir mes pleurs, & mon tourment finir.
Voire ie voudrois estre vn second Heraclite,
S'il auoit tant de pleurs comme vous de merite.
  Ces propos acheuez, ils complottent entr'eux,
Quand la nuict estendroit son voile tenebreux,
De sortir hors la ville à la fontaine clere
Où reposoient les os de Ninus leur grand pere,
Et malgré les parens, l'enuie, & le destin,
Parfaire quoy qu'en vint leur hymen clandestin,
Puis s'en reuont tous deux, attendant que la Lune
De ses rayons d'argent esclairast la nuict brune.
Ce iour dura cent ans, les poincts & les momens,
Et les minutes sont tant d'ages aux amans,
Ce iour est eternel, leur langueur eternelle,
Leur tourment est mortel, & leur mort immortelle.
Et semble que Phœbus atristé de leur sort,
Retarde son chemin pour retarder leur mort.
En fin le iour s'enfuit, le silence degoute
La nuict tombe des monts, on n'y void desia goute,
La terre est effroyable, & les Cieux estoilez,
D'vn funebre bandeau sont tristement voilez,
L'vniuers est en paix, & la belle Cynthie,
Baise amoureusement son dormeur de Latmie.
A ceste heure Thisbé prend ses riches habits
Richement estoffez de perles & rubis,

Entrefrise de nœuds sa chevelure blonde,
Puis fort comme celuy qui donne iour au monde.
Les vents rauis d'Amour baisent le crespe mol
Des cheueux ondoyans qui flottent sur son col,
Les Astres la voyant icy luire à ceste heure
Pensent que les Dieux mesme ont quitté leur de-
Et les Dieux estonnez de si grande clarté,   (meure;
Croyent que le Soleil soit çà bas arresté.
En cest estat la belle arriue à la fontaine
Le fatal rendez-vous qui doit finir sa peine.
Ceste fontaine estoit couuerte d'vn tapis,
  Que Flore auoit tissu de roses & de lys,
Vn meurier blanchissant tout à l'entour l'ombrage,
Où cent mille oisillons degoisent leur ramage,
La verdure & le bois y rid tout à l'entour,
Et le flot, murmurant, semble y parler d'Amour,
Là demeure la vierge, attendant que Pyrame
D'vn doux embrassement vienne atiedir sa flame,
Et paissant son esprit de ce doux souuenir
Regarde mille fois l'endroit qu'il doit venir.
Alors vn fier Lyon de la forest prochaine
Parut horriblement aupres de la fontaine:
Son nés souffle la rage, & ses yeux enflamez
Brasillent tout ainsi que charbons allumez:
Sa hure est effroyable, & sa machoire teinte
De sang blanchy d'escume horriblement depeinte.
Thysbé l'apperceuant ne sçait que deuenir,
Ses genoux tremblottans ne la peuuent tenir,

Son visage se teint d'vne couleur mortelle,
Son cœur froid & glacé dans le flanc luy panthelle,
Et son ame desia commence à resentir
Ce que peut dessus nous vn tardif repentir.
A la fin rapellant son debile courage,
Ainsi qu'vne colombe au milieu d'vn orage
Qui fuit à tire d'aisle & cherche le couuert,
Elle se va cacher sous vn amandier vert.
Le lyon alteré d'vne soif violente,
Va droict où le semond la fontaine coulante,
S'abreuue à plein gosier du cristal pur & frais,
Y remire sa care, & s'en retourne apres.
Vn voile abandonné de la vierge peu sage,
Luy soit obscurement à l'ombre du bocage :
Il en passe les dents de l'vn à l'autre bout,
Le deschire de force, & l'ensanglante tout;
Puis regaignant l'horreur du bocage effroyable,
Relaisse emmy le champ le voile pitoyable.
    La beste ne fut pas à cent pas loin de la,
Que le triste Pyrame à la fontaine alla,
Et n'y trouuant sa belle, il pense que peut-estre
Quelque nouuel ennuy dans la maison l'empestre,
Mais la plainctiue voix des oyseaux luy faict peur,
Vne crainte en sursaut luy vint toucher le cœur,
Il se trouble de voir la fontaine troublee,
Et pense que les Dieux ont sa maistresse emblee.
Il s'aproche, il regarde, il voit le voile blanc,
Il remarque la trace, & s'aperçoit du sang,

S'asseure que sa Dame a esté deuoree,
Et qu'vn Tygre sauuage en aura faict curee.
Madame? qui vous a ce crespe despouillé!
Beau crespe qui vous a d'vn si beau sang mouillé!
Beau sang qui s'est gorgé de vostre doux breuuage!
Qui s'est peu delecter a destruire vn ouurage,
Que les Dieux, auoient faict pour monstrer leur
    grandeur,
Aux indignes humains, priuez d'vn si grand heur
Est-il cœur si felon dans vn corps si barbare,
Qui n'ait esté flechy d'vne beauté si rare?
Las! ou est maintenant ceste taille & ce port?
Où sont ces yeux tant beaux qui recelloiet ma mort,
Où sont ces beaux discours qui allegeoient nos
    peines?
Où sont ces doux attraits, & les promesses vaines
De nostre mariage? & où sont les plaisirs
    Qui deuoient appaiser nos trop bouillans desirs?
Est-il vray que ce corps n'a rien tant admirable
Repose dans les flancs d'vne beste effroyable,
Et qu'en pensant iouyr d'vn mariage doux,
Il ait trouué la mort au lieu de son espoux?
Las! ceste belle face estoit doncques formée
Pour repaistre le corps d'vne louue affamee!
Et de ces yeux Diuins les traicts victorieux,
Ont seruy de pasture aux lyons furieux?
O Dieu! qu'ay-ie forfaict? quel execrable vice
Ay-ie sceu perpetrer digne d'vn tel suplice?

O Ciel! ecraze-moy de tes foudres ardens,
O terre! ouure ton sein, & m'abysme dedans,
O gouffres des enfers! ouurez-moy vostre porte,
Et la fermez si bien que iamais ie n'en sorte.
Mais las! est-il enfer si regorgeant de maux,
Qui ne me fust plus doux que ces cruels assauts?
Mais las! est-il tourment dans les enfers capable
De punir le forfaict dont mon ame est coulpable?
Non, non, il n'en est point, tout l'enfer irrité
Ne me sçauroit punir comme i'ay merité.
I'ay faict mourir ma Dame en la fleur de son âge,
Et inhumer és flancs d'vne fere sauuage;
Ie l'ay conduite icy dans ces obscuritez,
Pour perdre en ceste nuict tant de belles clartez;
Ie l'ay faicte venir, & ne l'ay point suyuie,
Elle à receu la mort pour m'apporter la vie,
Et ie vy, mal-heureux apres vn tel forfait
Dont l'horreur me deuroit auoir cent fois defait?
Non, non, ie ne vy point, ou c'est en esperance
D'expier par ma mort vne mortelle offence,
Afin que vostre esprit errant là bas au port,
N'endure en m'attendant vne seconde mort.
Belle ame si mourant ceste triste pensee
Peut passer au seiour où vous estes passee,
Si dans ces lieux d'effroy, de silence, & d'horreur,
Mon triste souuenir vous peut toucher le cœur,
Par vos yeux adorez ie vous prie ombre saincte,
Receuez de mon cœur ceste derniere plainte.

Ie n'ay point de regret à trépasser pour vous,
Pourueu que mon trespas calme vostre courroux,
Et n'ay point de regret maintenant à vous suiure,
Mourant pour les beautez pour qui ie soulois viure:
Mais las i'ay bien regret qu'vn seiour paresseux
Vous file par ma faute vn trespas angoisseux,
Et qu'auant mon trespas vous ayez la premiere
Trauersé du noir Styx l'infernale riuiere:
C'est pourquoy ie me deuls, & c'est ores pourquoy
Ie vous prie ombre saincte ayez pitié de moy:
Pardonnez-moy ma coulpe, & permettez de grace
Que ie passe apres vous l'Acherontide nace.
Ainsi dit, & rouant horriblement ses yeux,
Tourne qui çà qui là son regard furieux,
Puis se frappe le sein de sa lame guerriere,
Qui sort rouge de sang deux palmes par derriere.
Comme vn Chesne a esté sur la cime d'vn mont
Qui cachoit dans le ciel les rameaux de son front,
Maintenant refrapé d'vne hache trenchante
Branle puis çà puis là sa perruque penchante,
En fin tombe bruyant dans le valon profond,
Tout le bois en gemit, & les Satyres font
Retentir de longs cris les prochaines valees
Mille fois resumez des Nymphes desolees.
De mesme estoit Pyrame esleué parauant,
Il s'encline de mesme or derriere or deuant,
De mesmes il chancelle, il prend le saut de mesme,
Puis tombe à la renuerse estendu froid & blesme:

AMOVRS.

Le sang à gros bouillons iallit humide & chaud,
La couleur se ternit, & la voix luy defaut,
Sa lumiere se trouble, & son pasle visage
De sa prochaine mort rend le certain presage.
Cependant que le cœur des Naiades le pleint
Que la belle Cynthie en eclipse son teint,
Que l'eau claire se trouble & que la meure blanch[e]
Pour le dueil de sa mort se noircit sur la branche:
Bref ainsi que son corps agonize à la mort,
La peureuse Thisbé de l'embuscade sort :
O Dieux! quelle douleur quand elle vid Pyrame
Baisant & rebaisant son voile rendre l'ame,
Iamais rien si piteux au monde ne fut veu,
Elle embrasse le corps qui sanglottoit vn peu
Trauersé iour à iour d'vn homicide gleue,
Elle tombe de rage & de rage se leue,
Elle blasme la terre, elle acuse les Cieux:
Se déchire la face, & s'outrage les yeux.
Thisbé de son amy prend ore les mains froides,
Or luy taste le poulx, ores les iambes roides,
Or baise de ses yeux les doux rayons esteints,
Ore les lis pourprez de sa face desteins,
Oré ioignant sa bouche à sa bouche vermeille
De ses cris douloureux le triste amant eueille:
Il entrouue ses yeux iadis flames d'Amour
Mais las! desia priuez de la clarté du iour,
Et voyant deuant soy celle qu'il pensoit morte,
S'efforce de parler, mais la parque plus forte

Par le dernier souspir le priue à ceste fois
D'amour, de sentiment, de maistresse & de voix.
Ha! fille miserable au desespoir reduite,
Quel iour marqué de noir, & quelle heure maudite
T'ouurit premier les yeux afin de leur offrir
Vn obiect si tragique & cruel à souffrir?
O Amour infidele! est-ce la recompense
Que tu m'auois promis de ma ferme constance?
Est-ce le mariage & le contentement
Dont tu payes ceux-là qu'ayment parfaitement?
O Hymen attendu d'vne si longue attente
Me donnez-vous pour lict vne tombe relante,
Et pour Espoux vn corps qui n'est ore plus rien,
Depuis que par ma faute il cesse d'estre mien?
O beau corps, ô belle ame, & la plus belle vie
Que le ciel ait iamais à la mort asseruie,
Et que du fier destin l'iniurieuse loy
Arrache maintenant de ce monde sans moy!
Cueur noble & genereux, esprit parfait & rare
Que Nature combla d'vne main non auare,
De tout ce qu'elle auoit de sainct, d'exquis de beau,
Bref, sur tous les flambeaux vn solaire flambeau.
Ie vous auois choisi Roy de ma fantaisie,
Et vous m'auiez aussi pour espouse choisie:
Ie m'estimois heureuse, & pensois quelque iour
Cueillir entre vos bras le fruict de mon amour.
Mais puis que nos parens obstinez au contraire
Vous ont voulu viuant de ma couche distraire,

Las ! qu'en mourant au moins ie vous puisse em-
    brasser,
Las ! qu'vn mesme tombeau puisse nos corps presser
Et qu'vn mesme bateau dedans vne mesme heure
Passe nos deux moytiez en la pasle demeure.
Viuans nous n'auons peu nous assembler iamais,
Assemblons nous au moins en mourant desormais.
Acheuant ce propos elle tire l'espée,
Qui du sang de Pyrame a la terre trempee.
Ha ! meurtriere, dit-elle, as-tu donc faict mourir
Celuy que tu deuois de la mort secourir ?
Tu n'estois reseruee à ce triste seruice,
Mais puis que mon destin a changé ton office
A ce cruel vsage, & que tu m'as osté
Celuy qui t'honoroit de son noble costé,
Oste moy l'ame aussi, las ! & ne me dénie
De me ioindre compagne auec ma compagnie.
Or Adieu mon espoux ie te ioindray là bas
Malgré le fier destin qui cause ton trépas :
Adieu de nos parens l'austerité seuere,
Homicides ingrats de nostre prime-vere.
Vous filles de Babel ie ne vous verray plus,
Citoyenne desia des infernaux palus,
Mes compagnes Adieu, puissiez-vous plus heureu-
    ses
Chastement amortir vos flames amoureuses.
Elle eust dict, & d'vn coup s'outreperce le flanc
D'où sort auec la vie, vn long ruisseau de sang.

Son corps tombe sanglant sur le cors de Pyrame
Qu'elle appelle en mourant, en mourant le re-
    clame,
L'embrasse estroitement collee auec son cors :
Sa belle ame la laisse, & va passer les bors
Irrepassables bors des ondes Stygianes
Pour ioindre de l'espoux les manes à ses manes.
  L'Aurore n'eut si tost quitté son mol seiour,
Pour ramener le char qui nous porte le iour :
Et si tost du Soleil la porte n'est ouuerte
Que les tristes parens recognoissent leur perte.
Ils sortent en colere, & sortent auec eux
L'ire, l'embrasement, les rages & les feux,
L'air s'enflame de cris, la voix, les pleurs, les
    plaintes,
Font resonner le ciel de leurs dures attaintes :
Ils les trouuent en fin l'vn sur l'autre couchez,
De leur sang tout par tout hideusement tachez,
Passes, sanglans, & froids, estendus sur le sable,
Riche d'vne despouille à iamais memorable.
Ha pere que vois-tu ? ha tygre c'est ton fis,
C'est ton sang que tu perds, ton fils que tu deffis
Quand pour le destourner d'vn amour honorable
Tu t'as fait recourir à la mort secourable :
Le coup vint de ta main, ta cruelle rigueur
A fait mourir ton fils, ta substance, ton cueur.
Mais las ! que dirons-nous de la dolente mere,
Apres qu'elle eut compris ce tragique mystere

Ma fille qui fera que ie meure pour toy?
Ma fille, mon enfant, dit le pere hors de foy.
Ils se font l'argument de ces deux morts cruelles,
Ils condamnent leurs yeux aux larmes eternelles,
Ils se fendent le cœur, ils se fondent les yeux,
Et ne cessent iamais d'importuner les cieux:
Mais ils ont beau crier, le ciel est imployable
A ceux qu'ont violé l'Amour inuiolable:
Ils desirent mourir & ne le peuuent pas,
La parque les desdaigne & leur ferme le pas,
Le regret eternel dans leurs veines s'allume,
Le repentir les ard & point ne les consume,
Le desespoir se mesle auecques la douleur,
Et pour mieux les combler d'vn extresme mal-heur
Leur fait sentir la coulpe alors que le remede
Ne peut plus rien seruir au mal qui les possede.
O tardif repentir! ton feu qui tant nous ard
Ne nous brusle iamais que sur le soir bien tard,
Il nous préd au someil quãd la nuit nous viet préd
Et puis sur le réueil nous nous trouuons en cendre,
Iamais dedans le monde ils n'eurent que regret,
Tousiours ce triste pair dans leur cœur se pourtret,
Tousiours le souuenir de leur piteuse engeance
Et le sang espandu semble crier vengeance:
Ils desirent la mort & redoutent sa faux,
Ils viuent seulement pour endurer leurs maux,
Ils trouuent chasque pas la cause de leur fuite,
Et ne marchent iamais sans la crainte à leur suite

LA DEFAITE D'AMOVR.
POEME.

I'Ay tant chanté d'Amour les honneurs & la
    gloire,
I'ay faict si hautement retentir sa victoire,
Qu'il n'est dessus la terre auiourd'huy presque lieu
Qui ne resonne tout des armes de ce Dieu.
Mais n'ayant emporté qu'un regret dedans l'ame,
D'auoir chanté l'ardeur de son ingrate flame,
Ie veux qu'ore mon vers plus bruyant & plus fort
Chante tout au rebours sa défaite & sa mort,
  Princesse que les dieux semblēt auoir fait naistre
Pour estre en ces bas lieux maistresse de leur maistre
Commander en sa place, & monstrer aux humains
Par l'éclat de vos yeux, vn effort de leurs mains.
C'est vous a qui l'Amour doit sa mort & sa vie,
Vos beautez l'ont fait naistre & puis mourir d'en-
Vos yeux l'ont consumé, l'éclair de vos regars (uie;
Foudroya d'vn seul trait ses flames & ses dars;
Le coup en fut si grand, que sa grandeur diuine
M'incite a vous dresser l'autel de sa ruine,
  Qu'il vous plaira de voir, & receuoir aussi
Ces vœux qu'auec mon cœur ie vous appens icy.

D

AMOVRS.

Celle qui receloit les Amours & les graces,
Qui portoit dans ses yeux les flames & les glaces,
Qui donnoit le trespas, & de qui la beauté
Faisoit souffrir la mort à l'immortalité:
Desfit ce grand Acher dont la moindre sagette
Ployoit dessous ses loix la nature sujette,
Et fit brusler celuy dont les feux redoutez
Montent des creux Enfers iusques aux Cieux
    voutez.
Vn iour qu'il regardoit ses homicides fleches
Qui font dedans les cœurs tant d'outrageuses
    breches,
Toutes teintes au sang des pauures amoureux
Qui souspirent en vain leurs tourmens rigoureux,
Il vit ceste beauté dont son ame est esmeue,
Vid les foudres du ciel flamboyer dans sa veuë,
S'assembler en esclairs brillans dedans son œil,
Et de ses moindres feux esblouir le Soleil.
Aussi tost qu'il la vid il vit son ame attainte,
Ore d'vn chaud desir, or d'vne froide crainte
Le cœur luy cheut en bas, tout le sang luy faillit,
Et sa viue couleur tristement luy pallit,
Pauuret, qui cogneut bien que sa diuine flame
N'eschaufferoit iamais les froideurs de son ame,
Qu'elle est trop inhumaine, & que sa cruauté
Esgale ou peu s'en faut son extreme beauté;
Il l'aborde pourtant, & d'vn humble langage
S'efforce de flechir l'orgueil de son courage,

Luy dit qu'il est Amour, le Dieu des autres dieux,
Le domteur de la terre, & le moteur des cieux,
Qui fait ardre Neptun dans ses eaux vagabōdes,
Qui fait sortir Pluton de ses caues profondes,
Et qui fait quand il veut du mont Olympien
Descendre en maiesté le grand Saturnien;
Confesse en rougissant d'auoir eu le courage
D'oser craintiuement admirer son visage,
S'oser plaire en sa veuë & luy donner son cœur
Qui des autres estoit le maistre & le vainqueur:
Et ne pouuant offrir chose qui soit plus grande,
Luy demande pardon de si petite offrande.
    Que si las! vous n'auez quelque pitié de moy,
Qui courbe l'vniuers asseruy sous ma loy,
Qui fay mouuoir la terre, & sans qui la nature
Elle-mesme cherroit dedans la sepulture,
De qui, dittes ma belle, aurez-vous donc pitié?
Qui vous pourra iamais donner de l'amitié?
Qui vous pourra seruir? qui pourra vous cōplaire?
Et qui faire l'amour si ie ne le puis faire?
Ie suis l'ame du monde, & sans moy l'vniuers
Sape deuant de mort tomberoit à l'enuers,
Sans moy vostre beauté demeureroit oysiue,
Et sans elle ie souffre vne peine excessiue.
    Ainsi parloit Amour, & ses bruslans discours
Eslançoient en parlant les feux & les Amours,
Touchant les Dieux au ciel de la mesme parole
Qui ne peut pas toucher la beauté qui l'affolle:

D ij

Car las ! il s'en faut tant qu'elle luy fit mercy,
Qu'apres auoir son arc & ses fleches aussi,
Auoir pris son flambeau, arraché ses deux aisles,
Et leué le bandeau qui couuroit ses prunelles,
La cruelle luy va reprochèr qu'il estoit
Celuy qui le discord sur la terre mettoit :
Qu'il n'estoit point Amour, mais plustost vne rage,
Qui des foibles humains tourmente le courage,
Vne haine plustost, & plustost vn serpent
Qui pour nostre mal-heur das nos cœurs va répan,
Qui deuore le corps dont il tire son estre,
Et naissant fait mourir celuy qui le fait naistre.
Ce miserable Dieu se voyant mesprisé
Eust volontiers ses traits de colere brisé;
Mais las ! il n'en a point, ses inutiles armes
Ne sont plus que des vœux de soupirs & de larme
Des larmes sans effet, des vœux mal entendus,
Et des soupirs qui sont vainement espandus.
Las ! que sçauroit-il faire à ceste ame de roche,
Qui pire qu'vn rocher s'enfuit quand on l'aproche
Qui s'allarme du nom de l'Amour seulement,
Et n'a point d'ennemy si grand que son amant ?
Il ne luy reste plus d'armes pour se deffendre,
Ny d'aisles pour fuyr ny d'attraits pour la prendr
Elle a ses propres feux, elle a sa volonté,
Elle l'a de ses traits luy-mesmes surmonté :
Et bien qu'il ne soit rien qu'Amour ne puisse fair
Il ne peut rien estant à luy-mesme contraire,

Car luy-mesmes allant sa force affoiblissant
Son extreme pouuoir le rend plus impuissant.
  En fin apres auoir dans son ame offensee
Repassé mille fois vne mesme pensee,
Il se va souuenir des ruses des amans
Par luy-mesme agitez de semblables tourmens,
Des changemes de Dieux & des formes nouuelles,
Dont ils auoient trompé les simples damoiselles:
Il void le grand Iupin pressé de son Amour
Descendre en larmes d'or dans le rond d'vne tour,
Et couler au giron d'vne belle captiue;
Icy meuglant d'amour sur vne herbeuse riue,
Le mesme Dieu paissant sous le cors d'vn taureau
Emporte en se iouant son Europe dans l'eau:
Icy dessous le port d'vne figure humaine
Qui semble Amphytrion, il deçoit son Alcmene,
Et parfait en trois nuicts celuy des demy dieux
Qui porta sur son dos tout le globe des cieux,
Il void icy Phebus sous la forme empruntee
D'Eurinome, embrasser la ieune Leucothee,
Et se plaist tellement en ce doux souuenir
Qu'il voudroit vn Phebus luy-mesme deuenir.
  Desia dans son esprit ce petit Dieu propose
De faire de soy-mesme vne metamorphose,
Il veut changer de forme & voir si le changer
Pourra de son amour le martyre alleger:
Mais il est empesché quelle forme il doit prendre,
Car si la Deité n'ose pas entreprendre

De seruir sa maistresse, il ne faut pas penser
Que les hommes iamais s'y doident adresser.
  Voyãt donc qu'il n'est rien en ce temps miserable
Qui soit tant des humains que l'argent desirable,
Que l'amour sans argent est vn arbre sans fruit,
Et qu'auecques l'argent toute chose nous suit,
Il pensa que l'argent aymable de soy-mesme
Le pourroit faire aymer de la belle qu'il ayme,
Croyant bien qu'il n'est point d'amour plus ex-
  cellent
Que celuy qui se va dessous luy recellant.
  Ainsi qu'il le voulut aussi tost vne masse
D'argent pur & luysant autour de luy s'amasse,
Amour entre dedans, car ses diuins efforts
Penetrent comme on dit les plus solides cors,
Mais las! s'il est ainsi d'ou vient donc que sa flam[me]
Ne penetre iamais dans le cœur de sa dame?
  Il estoit desia tard, & le somme & la nuit
Dans les yeux des humains couloient sans faire
  bruit,
Quand Amour reparé d'vne forme nouuelle
Glisse dedans la chambre où repose sa belle,
Comme vn riche lingot à qui quelque souffleur
Eust donné fraischement la forme & la couleur.
  Là dessus vne couche estoit la belle assise
Qui de tant de beautez elle-mesme est esprise,
Et qui se consumant du plaisir de la voir
Languit en attendant l'heur de la receuoir.

Son sein à demy nud decouuroit vn albatre
Qui pourroit de blancheur à la nege debatre,
Ou s'esleuent deux mons qui font en soupirant
Vn air tel que les Dieux au Ciel vont respirant:
Ses cheueux ondoyans à tresses disposees
Semblent des lames d'or au Soleil oposees,
Et ses yeux flamboyans d'vn esclat non pareil
Iettent plus de rayons que le mesme Soleil.
Amour s'en esblouyt, & son argent encore
Perd entre tant de raiz le ray qui le decore,
Comme on void le croissant aparoistre moins beau
Aussi tost que le iour allume son flambeau.
   Or elle n'eut si tost ceste masse aperceuë
Qu'elle a de ce Demon la malice conceuë,
Et telle que Diane auisant de trauers
Celuy qui regardoit ses membres descouuers:
La pucelle s'esmeut, & chastement seuere
Le dedaigne d'autant que plus il la reuere,
Son regard est en feu, ses yeux cruels & doux
Flambent esgalement d'amour & de courroux,
Et iettent les esclairs en si grande abondance,
Qu'il est hors de moyen d'y faire resistance:
Amour en est attaint, & l'argent qu'il a pris
Pour couurir son essence en est encore espris,
Tout en est consumé, vne seule pucelle
Est exempte du feu qu'elle mesme recelle,
Telle que le Soleil qui n'est ant chaud ny froid
Eschauffe les humeurs de tout ce qui le void.

                              D   iiij

Ny pour estre des dieux la Deité supréme,
Ny pour estre des beaux la beauté plus extréme,
Ny pour estre sorty de la mesme Venus,
Ny pour auoir les cieux en seruage tenus,
Le Démon des Amours n'a iamais sceu tant faire
De gagner vne place au cœur de ceste fére.
  Mais tandis qu'il se plaist à souffrir en ce lieu
La nature a senty la perte de ce Dieu,
Les Dieux dedans le Ciel, les hommes sur la terre
Ne sentent plus les traits de l'amoureuse guerre,
Les animaux des champs & des forests aussi
Viuent libres entr'eux d'amour & de soucy,
Les oyseaux peinturez de la voûte Eterée
Noüent francs parmy l'air du ieu de Cytherée,
Et le nombreux troupeau des hostes de la mer
Ne se sent plus sous l'eau par amour enflamer,
Bref le monde se pert si Venus ne repare
Les bresches qu'à tous coups la Parque luy prepare.
  Desarmez vos rigueurs, beaux yeux cachez les
      feux
  Qui font mourir l'Amour & le monde pour eux,
De peur qu'auec l'Amour toute chose ne meure
Et que rien de viuant au monde ne demeure,
N'acquerez point ce loz d'auoir par vostre orgueil
Mis auecques l'Amour l'Vniuers au cercueil,
Vous en mourriez vous-mesmes, & maudite du
      monde
Tomberiez à regret dans la fosse profonde.

Pensez que la beauté s'escoule chasque iour
Et qu'elle n'est en fin beauté que pour l'Amour:
La beauté sans amour est vn champ infertile
A soy-mesme aussi bien qu'aux autres inutile,
Et qui ne le cultiue en sa ieune saison
Se declare ennemy de sa propre raison.

   Ainsi parloit au cœur de ceste belle Dame
La tardiue pitié d'vne naissante flame,
Qui de ses petits feux nouuellement ardans
Chasse dehors la haine & met l'amour dedans:
Mais, ô tardifs effets d'vne pitié cruelle,
Ainsi qu'elle pensoit d'vne ardeur mutuelle
Embrasser son Amour, Amour plus diligent
S'estoit desia fondu luy-mesmes en argent,
Ce qu'il auoit en soy de nature diuine
Retourna vers le ciel, sa premiere origine,
Ce qu'il auoit d'humain par son arrest fatal
Demeura transformé dans ce rare metal;
Bref, il n'estoit plus rien qu'vne pure substance
D'argent qui retenoit sa premiere inconstance,
Qui leger comme luy nous vole de la main,
Et n'a rien icy bas d'arresté ny certain.
Il a comme l'Amour ses atraits & ses flames,
Il tourmente nos cœurs il reblece nos ames,
Il vnit nos desirs, il ioint nos volontez,
Et range à sa mercy les plus fieres beautez,
Perdu se fait chercher, fuyant il se fait suiure,
Absent nous fait mourir & present nous fait viure:

Bref, il a plus qu'Amour n'eust iamais de pouuoir,
Auſſi dit-on par tout qu'il n'eſt que d'en auoir.
Ainſi finit Amour, ainſi l'Argent commence
Par l'ingrate beauté d'vne ame ſans clemence.

Ie te ſaluë Argent le treſor des humains,
Puiſſes-tu pour touſiours demeurer en mes mains,
Te plaire en ma pochette & que ta viue ſource
Iamais au grand iamais ne tariſſe en ma bourſe.

Et toy que plein d'erreur i'adoray comme Dieu,
Amour, où que tu ſois oy ce dernier adieu:
Soit que ſur le lambris de la voûte eſtoilee
Ton ame genereuſe ait repris ſa volee,
Soit que ton corps defait côme vn Phenix nouueau
Se cache quelque temps pour renaiſtre plus beau,
Puiſſes-tu pour iamais loin de ma compagnie
Exercer autre part ta fiere tyrannie:
Ou ſi ie dois encor voir pratiquer ta loy,
Que ce ſoit ſur ma belle, & non pas deſſus moy.

STANCES.

NE cherchez plus Amour il a perdu sa vie,
La beauté qu'il aimoit l'a defait auiourd'huy:
Cherchez moy de l'Argent si vous auez enuie
De trouuer plus de grace & d'auoir moins d'ennuy.

Quand il viuroit aussi ce ne seroit qu'vne ombre
Qui sans vn cors d'Argent n'oseroit rien vouloir.
Amour est comme vn O, qui ne fait point de nobre
S'il manque d'vn adioint qui le face valoir.

C'est la pierre qu'on dit pierre philosophale,
Qui ne se peut trouuer qu'en la teste des fous:
Au contraire l'Argent est le trait de Cephale,
Qui ne tire iamais qu'il ne porte ses cous.

Ce sont discours d'Amour de dire qu'il fut pere
De tout ce qui se vid éclorre auec le iour:
Car l'Argent fait l'Amour & non pas au contraire:
Parquoy faut que l'Argent soit pere de l'Amour.

Amour fut autres-fois, mais sa gloire infinie
Auecque l'âge d'or eust son entier effait,

AMOVRS.

Maintenant que l'Argent toute chose manie,
Il n'y a point d'amour si l'Argent ne le fait.

Ayez le cœur en flame & le visage en cendre,
Soyez plus que l'Amour en Amour diligent;
Vous ne pourrez iamais aucune femme prendre
Si vous ne la batez d'vne piece d'Argent.

Soyez beau comme vn Ange amoureux & fidele,
Que la grace & l'Amour naissent dessous vos pas:
Si sans parler d'Argent vous aimez vostre belle,
Vous preschez vn rocher qui ne vous entend pas.

Mais aussi pour fléchir le cœur de ceste fiere
Faites qu'au lieu d'Amour l'Argēt parle pour vous,
Quand vous seriez vn sot vous serez sa lumiere
Et ses yeux deuiendront pitoyables & doux.

Voyla pourquoy l'Oracle en Delphes ordinaire
Respondit à Philippe enquis par son Agent
Que pour vaincre la Grece il estoit necessaire
De combatre des Grecs par des armes d'Argent.

STANCES.

IE fais icy l'Amour, ie ne le desay pas,
Si ie le desaisois, ie ne serois pas sage;

Amour est vn Phœnix, qui naist de son trespas,
Et plus souuent il naist il brusle dauantage.

Pour en parler au vray, ie ne croy pas aussi,
Que i'eusse bonne grace à le sçauoir defaire :
Car ie le fais si bien quand il luy plaist ainsi,
Que ie ne me sçaurois disposer au contraire.

Il est vray toutesfois, que c'est sans me piquer,
Car de suyure l'humeur d'vne mauuaise teste,
Et se plaire en son mal pour se faire moquer,
N'est pas faire l'Amour, mais c'est faire la beste.

Ie l'ay faite pourtant vne fois en mes iours,
Et porté les dédains d'vne rigueur extreme :
Mais si ie fais iamais de semblables amours,
Ie consens que l'amour me déface moy-mesme.

Quand ie me ressouuiens des peines & des mors
Qu'autresfois i'ay souffert pour celle que i'honore,
Ie ne sçay si ie suis ce que i'estois alors,
Ou si i'estois alors ce que ie suis encore.

Au moins n'aymé-ie rien dont ie ne sois chery
Ie n'ay plus ce mal là, quelque chose que i'aye :
Mais helas ! mes amis i'ay peur d'estre guery
D'vn mal dont le remede est pire que la playe.

AMOVRS.

STANCES.

IE pensois que l'Amour defait par ma Deesse
Fust mort en apparence aussi bien qu'en effet,
Mais elle a bien monstré qu'elle estoit sa maistresse
De le sçauoir refaire apres l'auoir defait.

La belle ayant acquis sur luy ceste victoire
Auec beaucoup de peine & non moins de soucy,
A recogneu depuis qu'elle auoit plus de gloire
A bien faire l'amour qu'a le defaire ainsi.

De la vient que sa flame est en moy plus parfaite
Et qu'il est en mon cœur plus grand & furieux,
Si bien qu'en mesme temps ie chante sa defaite,
Et le sens de moy-mesme estre victorieux.

Autant de foibles traits que ma plume luy donne,
Autant de coups mortels ie reçoy de son traict.
Helas! il me defait en ma propre personne,
Et ie ne le defay seulement qu'en pourtraict.

Mais quoy ie ne pleins pas la faute que i'ay faite
S'ic'est faillir pourtant que de l'auoir seruy.
Car il estoit defait n'eust esté sa defaite
Et la mort qu'il me donne est cause que ie vy.

CARTELS POVR VNE
mascarade de Sauuages.

AVX DAMES.

NEux Sauuages sortans du fonds des Terres
    neuues
A trauers tant de mers, de deserts, & de fleuues;
Ont entendu qu'amour residoit en ces lieux,
Et que son foudre sainct s'allumoit en vos yeux:
Que des Dieux de la France vne troupe guerriere
Passoit icy pour vous mainte belle carriere,
Et que pour honorer ceste solemnité
La valeur elle-mesme espousoit la beauté.
Nous qui n'auons rien tant graué dans nos cou-
    rages
Voulons icy paroistre & François & Sauuages,
Estre receus à courre, & tesmoigner qu'icy
Loge la courtoisie & la valeur aussi.
  Vous belle dont le Ciel conspire le seruice
Donnez-nous vne bague à courre en ceste lice,
Soyez-nous fauorable & que vostre cœur doux
Ne se tesmoigne point plus sauuage que nous:
Nous prosternant à vous tout le ciel s'y prosterne:
Car par nostre valeur son pouuoir se gouuerne.

AMOVRS.

Les destins sont pendus a nostre volonté,
Et le premier mobile est par nous arresté.
Heureuse mille fois d'auoir dessous vos charmes
Vaincus d'vn seul regard deux si braues gēdarmes
Dont le bras est de fer, & la bouche de miel,
Et ne redoutent rien que la cheute du Ciel.

AVX CHEVALIERS.

Ous sommes estrangers il est bien veritable,
Mais nous ne sommes pas Sauuages toutesfois
Nous auons le cœur doux & le visage affable,
Et gardons comme vous nos Coustumes & loix.
Ces Dames dont l'Amour n'adoucit les courages,
François, celles-là sont, & non pas nous Sauuages.

AVTRE POVR VNE PARTIE
de trois Turcs.

Rois Ottomās enflez du cours de leurs victoires
Qui seruent d'argumēt aux futures histoires
Apres auoir rendu par mille exploits diuers
Leur glorieux renom plus grand que l'Vniuers,
Veulent or que la France à leurs loix asseruie
Tienne de leur valeur son honneur & sa vie.

Ils ont

Ils ont si fort ouy vanter l'honneur François,
Qui iusqu'en Orient se fit voir autres fois,
Qui saccagea l'Asie, & du fer de sa lance
Escriuit dans le ciel les armes de la France;
Qu'ils veulent ou mourir ou sçauoir par effet
S'ils sont aussi vaillans que leur renom les fait.
Si donc quelqu'vn de vous se trouue dans la lice
Qui vueille soustenir que le plus grand delice,
Le plus souuerain bien, la plus douce liqueur
Ne soit celle qu'Amour distile dans le cœur,
Quand par vn doux rencontre vne pareille flame
Fait fendre esgalement deux ames en vne ame;
Nous sommes à cheual pour soustenir icy
Qu'vn tel ne fut iamais touché d'vn beau soucy,
Qu'il porte vn dur rocher en lieu d'vne ame hu-
    maine
Sans artere, sans nerf, sans tendon ny sans veine,
Indigne de seruir les Dames ny l'Amour,
Ny paroistre iamais a la clarté du iour.
    Qui voudra donc mourir soustienne le contraire
Sans beaucoup de discours & sans beaucoup d'af-
    faire
Nous le mettrons bien tost au Royaume des morts:
Car nous auons le cœur & les membres si forts,
Si ferme la tenuë, & si roide la lance,   (fense,
Que quand les Cieux armez en prendroient la de-
Ou que Mars le voudroit luy-mesme secourir,
S'il n'estoit immortel nous le ferions mourir.

                                        E

AVTRE CARTEL POVR LE
Cheualier du Soleil.

AVX DAMES.

B Eautez dont l'esclat non pareil
Obscurcit le mesme Soleil,
Soit qu'il entre dans sa carriere,
Ou soit que retournant sous l'eau
Il cache aux humains la lumiere
De son admirable flambeau.

Vous pouuez d'vn trait de vos yeux
L'esblouyr au milieu des cieux,
Et le faire cacher de honte,
Ou de crainte qu'en le voyant
Vostre beauté qui le surmonte
N'eclypse son œil flamboyant.

Mais à ce Soleil mon vaincueur
Qui rayonne dedans mon cueur
Mieux que l'autre en son hemisphere,
Ce bel œil qui me fait la loy,
Tout ce que vous luy pouuez fere,
C'est de l'adorer auec moy.

Auſſi, beau Soleil, ie pretens
De vous voir reluire en tout temps,
Et monſtrer que voſtre lumiere
Sans eclypſe & ſans accident,
Comme elle eſt touſiours ſans premiere
Eſt encore ſans Occident.

Bel Orient de mes beaux iours,
Bel Aſtre dont ie ſuy le cours,
Voſtre influence ne m'aſſeure
Que de mourir en vous ſuyuant,
Mais mourir de ceſte bleſſeure
M'eſt plus cher que d'eſtre viuant.

Voila pourquoy ſoit que le ſort
Me donne la vie ou la mort,
Vous pouuez bien eſtre contraire
A toutes mes affections,
Mais non pas iamais me diſtraire
D'adorer vos perfections.

E ÿ

AMOVRS.

QVATRAIN A L'AVTHEVR.

Av diguier vous auez grand tort
De vouloir qu'à vous ie me donne,
L'obiect de mon bien estant mort
Ie ne sçaurois aymer personne.

RESPONSE.

Ie n'ay point tort d'aymer vn obiect tant ay-
    mable,
Puis qu'ainsi que l'obiect mon amour est parfait,
Ou bien si i'auois tort vous en seriez coupable,
Car vous causez en moy cest amoureux effet.
  Vous cōmettez la faute, & i'en souffre la peine,
Mais en l'vn ie merite, en l'autre vous pechez;
Car mon amour est saincte & vous la rēdez vaine,
Et me faisant du mal vous me le reprochez.
  Si vostre obiect est mort le mien est impaßible,
Mon mal-heur est present, & le vostre est paßé;
Nous aspirons au ciel tous deux à l'impoßible
Car i'ayme vne Deeße & vous vn trepaßé.

SONNET.

Aire l'Amour alors qu'il me défait,
Et tout défait, l'Amour me ́me défaire;
Le défaisant, le rendre plus parfait,
Le parfaisant l'éprouuer plus contraire.

Se delecter aux playes qu'il me fait,
Chanter l'honneur de mon fier aduersaire;
Et de cent maux endurez en effet,
Ne rapporter qu'vn bien imaginaire.

Cacher son mal de crainte de le voir,
Crier mercy de faire son deuoir,
En mesme temps se loüer & se plaindre.

Se detester & se faire la cour,
Se mespriser soy-mesme, & se craindre,
C'est en deux mots, la Défaite d'Amour.

SONNET.

Volez petite Icare, eslancez vous en l'air,
Le Soleil est esteint par celle qui m'allume;

AMOVRS.

Vous pouuez hardiment iusques au ciel voler
Ayant le dos aiſlé d'vne celeſte plume.

Tous les traits enflammez que le ciel peut greſler,
Tous les flots mutinez que la grand mer eſcume
Vous peuuent bien meurtrir, mais non pas vous
    bruſler.
D'vn foudre ſurpaſſant celuy qui me conſume.

Redoutez ſeulement les fleches de ſes yeux
Qui bleſſent ſans reſpect les hommes & les dieux,
Tuant les immortels de leurs playes mortelles.

Las ! ce ſont deux Soleils dont ie crains bien
    l'effet:
Car ſi iadis vn ſeul vous peut fondre les aiſles,
I'ay grand peur que ces deux vous bruſlent tout
    à fait.

SONNET.

Vous qui pipez d'Amour, adorez ſon eſſence,
  Qui d'vn enfant ſans yeux ſuyuez l'aueugle
    cours,
Qui d'vn nain contrefait honorez vos diſcours,
Et d'vn monſtre cruel haut louez la naiſſance.

Venez voir en ce lieu defaite sa puissance,
Rien n'a peu de Venus le maternel secours,
Vne plus belle qu'elle a terminé ses iours,
Et leué le bandeau de sa m'escognoissance.

Ce petit Dieu m'oyant tant de feux soupirer
Iugea qu'vn beau suiet me deuoit martyrer,
Et desbandant ses yeux pour voir ceste cruelle,

Mourez si vous pouuez ô Dieux ! dit-il à lors,
Vostre gloire n'est point si douce que les mors
Que ie souffre en voyant les yeux de Gabrielle.

SONNET.

Cesse diuin Phebus, cesse doncques d'espandre
Tant de larmes en vain pour vn simple trepas,
Ton fils mourut au ciel pour ensuiure tes pas,
Son magnanime cueur le luy fit entreprendre.

Si Iupin de son foudre en bas le fit descendre,
Et si mort il seruit aux poissons de repas,
Helas ! vn plus grand Dieu que Iupiter n'est pas
Se repaist de mon cœur, & le reduit en cendre.

Ton fils de l'Eridan touchant la profondeur
Fut heureux de pouuoir estaindre son ardeur

AMOVRS.

Où la mienne se rend plus cruelle dans l'onde,

Mais sur tout en cecy bien heureux d'expirer
Estant monté dessus le Soleil de ce monde,
Où ie meurs seulement sans l'oser esperer.

Sans oser seulement aspirer,

SONNET.

I'Auois le front ouuert de deux grands coups
d'espee,
I'auois tout l'estomach rouge de sang caillé,
I'auois l'esthoc au poin de sang frais esmaillé,
Et toute ma cazaque à lambeaux decoupee.

Quand celle dont mon ame est tousiours occupee
Me rencontrant ainsi le chef escarbouillé,
Le visage de sang & de poudre souillé,
Et de ses tendres pleurs ma poictrine trempee.

Ha! dit-elle en pleurant, quel desastre voila!
Vostre cœur volontiers est cause de cela,
Vos plus grands ennemis sont en vostre personne.

Voyez qu'elle est mauuaise; elle feint de pleurer
Des playes qui ne font seulement qu'effleurer,
Et se rid des trépas qu'elle mesme me donne.

SONNET.

E n'en mentiray point, i'ay vescu d'autres fois
Courbé deſſous le iou du beau fils de Cythere,
Et menant vne vie & triste & ſolitaire
I'ay ſouuent eſtonné les rochers & les bois.

Comme vn Cygne mourant i'adouciſſoy ma voix
En ſentant aprocher vn trepas volontaire,
Et contraint de mourir il me faut ore taire
Veuf de la liberté qu'auparauant i'auois.

Vous me penſez laſſer d'vne rigueur extreſme,
Et ie penſe plustoſt laſſer la rigueur meſme,
Mais nous ſommes trompez tous deux eſgalement.

Car vous penſant flechir ie vous rens plus cruelle,
Et vous me penſant perdre à force de tourment
Vous me rendez au double amoureux & fidele.

SONNET.

N me l'a dit cent fois que ie me meſuraſſe,
Que i'euſſe en mes deſſeins quelque point limité,

Qu'Icare n'eut la mer pour tombeau merité,
Si du vol de son pere il eust suiuy la trace.

Mais ie le trouue heureux en sa fiere disgrace,
Car preferant l'honneur à son vtilité
Il acquit en mourant vne immortalité,
Qui mesme apres la mort fait viure son audace.

Il mourut dans le ciel, s'inhuma dans la mer,
Fit par tout l'vniuers son grand cœur renommer,
Laissant son nom en terre, & sa memoire en l'onde.

Et puis mesurez-vous si vous voulez durer,
Et comment se pourroit vn homme mesurer
Ayant le cœur tout seul plus grand que tout le
monde?

SONNET.

Monde, cage de fols, plein de trames subtiles,
Qui les plus aduisez enlace quelquesfois,
Où de mon foible esprit les plaintes inutiles
Font vn Echo sonnant qui n'a rien que la vois.

Syreine qui nous fais donner dedans tes Scylles,
En vain ie fuy le sort de tes fatales lois:

Tu me suis dans les champs si bien que dans les
    villes,
Et me trouues par tout, quelque part où ie sois.

    Ie te dois bien hayr seul obiect de ma peine,
Tu m'as faict oublier pour suyure vne inhumaine,
Qui gardant son honneur m'a fait perdre le mien.

    Puisse auenir vn iour que ma peine elle espreuue,
Mais non, n'aduienne pas qu'elle perde le sien,
O ciel! ou s'il se perd, permets que ie le treuue.

S O N N E T .

Iserable Audiguier tu ressembles l'esthoc
    Qu'on laisse apres auoir la bataille gaignee,
Lors qu'vne douce paix l'attache dans le croc
Pour seruir de mestier aux toiles d'araignee.

Le premier que la terre ouurit auec vn soc
Ayant la dextre au sang de son frere baignee,
Ou celuy qu'vn vautour deschire sur vn roc
Ne void de tant de maux sa faute accompagnee.

Tes pariures amis ont trahi ta simplesse
Celle qui te deuoit fauoriser te blesse

Le monde que tu sers te paye d'vn mespris;

Adieu les trois tyrans de ma ieunesse tendre
Heureux qui de vos lacqs sage se peut desprendre
Mais plus heureux celuy qui n'en fut iamais pris

SONNET.

EN soupirant sur la riue de Seine
Et de mes feux allumant tous ses flots,
Ie n'ay gagné pour tant d'amours eclos
Que ce qu'on gaigne à semer sur l'arene.

Enfin pourtant vne douce inhumaine
Qui dans mon cœur le sien auoit enclos,
S'adoucissant au feu de mes sanglots,
Se laissa vaincre au plaisir de ma peine.

Ie luy baisois sur le riuage mol
Les yeux, le sein, les leures & le col,
Las! il n'est rien qui soit icy durable.

Ce bien coulant a fait place à mes maux
Tous mes plaisirs ne sont qu'vn songe faux,
Et mes douleurs vn effet veritable.

ODE.

Ains discours qui pour tant d'amour
  Me recompensez d'vne haine,
Rendant vne mort inhumaine
A celuy qui vous met au iour,
Labeur ingrat de ma ieunesse
Vipereaux qui rongez sans cesse
Mon cœur des pensers inhumains.
Hors de moy tizons de ma flame,
Sortez aussi bien de mon ame
Comme vous sortez de mes mains.

  Que l'Amour qui vous a produits
Sorte auecques vous de sa place,
Et que les dedains pleins de glace
Y soient en sa place reduits.
Qu'auecques luy sorte l'image
A qui mon cœur faisoit hommage
De toutes ses affections,
Ou qu'elle y demeure si noire
Qu'en la regardant ma memoire
Abhorre ses perfections.

  Belle cause de mes escris
Qui m'auez vouté le corsage,
Qui m'auez changé le visage
Et fait venir les cheueux gris,

Ie n'ay peu vous rendre amoureuse,
Mais ie vous rendray mal-heureuse
En despit de voſtre bon-heur;
Car ſi pour vous auoir ſeruie
Vous me faictes perdre la vie,
Ie vous feray perdre l'honneur.

Si voſtre renom fait ſon cours
Iuſques aux terres inconnuës,
S'il eſt eſleué iuſqu'aux nuës
Il ne l'eſt que par mon diſcours;
C'eſt luy qui vous donne la gloire
D'emporter par tout la victoire
Et tout mettre en captiuité,
Et ſans luy vos belles parties
Seroient iuſtement amorties
Au point de leur natiuité.

Que ſi l'on ne vous peut oſter
Les paroles que i'ay ſceu faindre,
Vous n'eſtes exempte de craindre
Celles que i'y puis adiouſter.
Caſſandre du Dieu de la Lyre
Obtint bien le don de predire
Mais refuſé de ſon guerdon;
Il la rendit plus pitoyable
Rendant ſa parole incroyable
Que s'il euſt reuoqué le don.

De meſme vous pouuez auoir
Quelque don de ma Poëſie,

Que l'amour ou la courtoisie
A plustost fait que le deuoir.
Mais si vous trahissez mes flames,
Ces loüanges deuiendront blâmes
Ces honneurs seront des mespris,
Qui feront voir à leur naissance
En vous blamant par cognoissance
Qu'en vous loüant ie fus surpris.
  Qu'est-ce qui vous asseure tant
Aux menaces de cest orage,
Pour en deffier mon courage,
Et le blasmer en m'escoutant ?
Ce n'est pas vostre conscience,
Mais helas ! c'est ma patience
Et ma discrette affection ;
Qui ne sçauez pas insensee
Que la patience offensee
Deuient vne indiscretion.
  De quoy m'auez-vous deffié ?
Quelle colere vous allume
Pour tourner contre vous la plume
D'vn esprit si qualifié ?
Ne sçauez-vous pas que son liure
Vous peut faire mourir ou viure
Apres & deuant le trespas,
Et dedans les plus sages testes
Vous former telle que vous estes
Ou telle que vous n'estes pas ?

AMOVRS.

Mais quoy, c'est trop de souuenir
Pour vne si grande insolence,
Que l'oubly donc & le silence
En soient les fleaux à l'auenir,
Que ceste beauté mesprisee
Ne me serue que de risee,
Et que le changement soudain
Me fasse trouuer la fontaine
Où Renaut d'vne moins hautaine
Perdit l'Amour par le dedain.
      Ny discours vain & sans effet,
Tu ne seras pas sans suplice
D'auoir esté comme complice
Du tort qu'vne ingrate m'a fait.
L'ignorance qui te regarde,
Et l'enuie encor plus hazarde
Te menacent d'vn iugement,
Qui puniroit bien ta folie
Si ce n'estoit que leur folie
Ne peut pas iuger sagement.

FIN DES AMOVRS.